OUTROS 40

ARNALDO ANTUNES

OUTROS 40

Organização: João Bandeira

ILUMINURAS

Copyright © *2014*
Arnaldo Antunes

Copyright © *desta edição*
Editora Iluminuras Ltda.

Prefácio e organização
João Bandeira

Projeto gráfico e capa
Arnaldo Antunes

Produção Gráfica
Eder Cardoso/ Iluminuras

Revisão:
Bruno D'Abruzzo

(agradecimento a Gabriela D'Aquino)

CIP-BRASIL. CATALOGAÇÃO NA PUBLICAÇÃO
SINDICATO NACIONAL DOS EDITORES DE LIVROS, RJ

A644o
Antunes, Arnaldo, 1960-
    Outros 40 / Arnaldo Antunes ; organização João Bandeira. - 1. ed. - São Paulo : Iluminuras, 2014. 170 p. : il. ; 21 cm.

    ISBN 978-85-7321-438-3

    1. Poesia brasileira. I. Bandeira, João. II. Título.

14-09311   CDD: 869.91
                            CDU: 821.134.3(81)-1

05/02/2014   10/02/2014

2014
EDITORA ILUMINURAS LTDA.
Rua Inácio Pereira da Rocha, 389 - 05432-011- São Paulo - SP - Brasil
Tel./Fax: 55 11 3031-6161
iluminuras@iluminuras.com.br
www.iluminuras.com.br

Sumário

Outros 40 — *João Bandeira. 11*

1. Quase Poesia. *17*

2. Lobo Solitário. *20*

3. Jardim Zoológico. *23*

4. Origem da Poesia. *24*

5. Vermelho. *27*

6. Músicas pra serem cantadas com a boca cheia. *32*

7. As trilhas de um Corpo. *36*

8. 2 perfis. *46*

9. Escândalo discreto. *48*

10. Planet Hemp. *50*

11. São Paulo. *52*

12. 365. *55*

13. São Paulo 2. *60*

14. Não. *62*

15. A segunda pele. *66*

16. Parabólicas. *68*

17. Estrela. *70*

18. Cidade lembrada. *72*

19. Poesia Concreta — 50 anos. *78*

20. Caligrafia. *82*

21. Anormal. *84*

22. Babilaques. *87*

23. Coraçãocabeça. *95*

24. Entrevista para Bomb. *102*

25. Do vinil ao download. *113*

26. Meio ambiente quente. *117*

27. Retratos Falantes. *122*

28. Cubahia. *128*

29. Carlinhos Brown. *131*

30. Iê iê iê. *132*

31. Atrás do transe. *135*

32. Pretobrás. *137*

33. Artes visuais. *139*

34. Tropicália. *142*

35. Mana e Manuscritos. *144*

36. Manual Prático do Ódio. *150*

37. Cadernos. *152*

38. Contorcionismo da imagem. *158*

39. 50 anos de estrada. *164*

40. Poros e neurônios. *167*

Outros 40

Uma vez, há muito tempo,
        encontrei Arnaldo Antunes na Consolação com a Paulista,
aqui em São Paulo. Já nos conhecíamos, mas não éramos
propriamente amigos. Apesar de um pouco
        atrapalhado com a mobilete que pilotava
com certa dificuldade, me ofereceu carona.
        E fomos despretensiosamente
conversando em meio ao vento, até que ele me deixou nas redondezas
do meu destino. As palavras
que trocamos, enquanto mantínhamos a atenção
        simultaneamente no ritmo alternado do
        equilíbrio-desequilíbrio,
    permaneceram comigo. Pensei nelas
ainda muito depois daquele dia.

        Numa outra vez, era eu
quem vinha de moto pela Teodoro e dei de cara com
ele, subindo a rua
a pé. Levei-o até o lugar em que ele estava
        morando por uns tempos, em Perdizes. Usar
    capacete
já era então obrigatório e não falamos muito pelo caminho. Quando
    chegamos, eu não quis entrar; alguém me esperava.
Atualizamos a conversa, que foi se esticando,

ali mesmo na calçada: o
que estávamos fazendo ou planejávamos fazer e,
principalmente, quem e o quê naquele momento estava
piscando mais à nossa atenção. Lembro que, dias mais tarde, disse
à minha namorada que, sem nem de longe
se propor a isso, Arnaldo havia, novamente, melhorado
a antena do meu receptor.
Semelhante à primeira vez, aquele
nosso papo casual teve seu efeito
estendido diante de mim.
Como se indicasse uma pista na floresta de signos que
me ajudasse a encontrar o rumo de onde
eu desejava e, na época, precisava mesmo ir.

Bem, à essa altura todo mundo já
sabe que Arnaldo sabe como nos levar —
embarcados nos sons
sentidos figuras das palavras — na direção de
algum lugar em que, chegando inesperadamente, estar é bastante.
E às vezes necessário, para não sermos apenas
um cada um no meio de todos.
Faz parte disso a sua conhecida habilidade de se deslocar por
áreas de produção muito diversas e encontrar nelas
pontos de contato,
quando não amplas e insuspeitadas afinidades.
E ainda quando não é esse o caso, diante do ponto final
da diferença, apostar no convívio
(embora não costume fazer por menos para obtusos de todos os clubes).

Em contato com o mundo a partir da cidade
que ele chama de *gigante liquidificador*,
onde os lugares saem do lugar, em que,
como em nenhuma outra do Brasil, justamente
convivem e/ou se misturam com alta potência
macro e microculturas, investimentos de massa e de vanguarda,
aquela habilidade de Arnaldo encorpou seu
modo particular de metalinguagem.

Um bom pedaço disso tudo está à mostra
no primeiro livro a reunir os seus textos esparsos — que, a pedido dele,
organizei — chamado *40 Escritos* (publicado em 2000).
A ideia para o título
me veio do fato de que nossa escolha tinha chegado
a esse número de textos, em coincidência com a idade
que ele estava completando na época. Era
como se, até que aparecesse, cada um daqueles
escritos tivesse sido gestado durante
toda a vida pregressa do autor.
E registrando a visão de Arnaldo sobre
questões diversas, em sua maioria a
partir do trabalho de outros
artistas, além do dele mesmo, era também como se,
na outra ponta do tempo, o conjunto esboçasse um
mapa do seu pensamento.
Agora são *Outros 40*.
Uma década passou. Fora três exceções,
os textos são posteriores aos do primeiro *40* e tendem a se

concentrar um pouco mais em música e poesia ou literatura.
Mas mantendo o horizonte largo, de olho
em muita gente: Erasmo Carlos, Pojucan, Zé
Agrippino, Paulo Fridman,
Ferrez, Augusto de Campos,
Jussara Silveira, Cézar Mendes, Eduardo Muylaert, Waly
Salomão, Planet Hemp, Sérgio Guerra,
Lourenço Mutarelli, ela, ele, você — entre vários outros.
E, desse modo, é como se
o esboço daquele mapa, para sempre incompleto, crescesse,
reiterando alguns traços, clareando áreas, detalhando partes.

Como se. Outra vez.
Teorias velhas e novas afirmam que a linguagem verbal
é metafórica por definição. Irremediavelmente diversa
daquilo que nomeia, a palavra é sempre
um 'como se'. Nunca para de operar
transferências, estabelecendo analogias entre coisas
e coisas e ideias. Para falar disso recorre àquilo — e vice-versa.
E tradicionalmente o poeta
é aquele que possui talento e treino para melhor configurar
em palavras as qualidades do que estava ausente,
escondido ou ainda mal expresso, dando-lhe
analogicamente uma presença.
Não necessariamente no texto do poema. Eventualmente em outros
lugares. No faroeste de John Ford ('quando a lenda supera a realidade,
publique-se a lenda'), em Xanadu, em Jaçanã,
na Alphaville de Godard ('acontece de a realidade ser

muito complexa para a
transmissão oral; a lenda a
retransmite sob uma forma que lhe possibilita
correr mundo') ou na Alphaville-São Paulo
— em qualquer meio em qualquer parte o tempo todo aqui agora.
Um deles, Octavio Paz, escreveu que
os poetas dos tempos
modernos têm de lidar também com o princípio
da ironia, o par necessário e oposto da analogia,
a descontinuidade da prosa invadindo a cadência da poesia, a
consciência da linguagem sobre suas próprias limitações, a
perspectiva crítica que, afastando, igualmente revela.
A aresta viva no recorte.

O que me faz lembrar do começo.
De um trabalho que Arnaldo publicou
no *Kataloki,* em 81: uma montagem feita com a foto
de Pelé ajeitando a bola para o chute que seria
o do seu milésimo gol. No lugar da bola, a cabeça de
Ezra Pound, mais o fragmento de uma frase deste sobre
uma das propriedades principais da literatura e/ou
da poesia: 'nutrir de impulsos'.
Neste *Outros 40,* é mais uma vez a partir dessa divisa
e particularmente do seu dom de equilíbrio-desequilíbrio
entre o espantosamente óbvio e o evidentemente estranho que
Arnaldo impulsiona o pensamento.

JOÃO BANDEIRA

15

Quase Poesia

*prefácio do livro **Quase Poesia**, de Bené Fonteles
(em **O Livro do Ser**, Editora Vozes, Petrópolis, 1995)*

"Um Oriente ao Oriente do Oriente". Poesia, como a queria Álvaro de Campos, em Pessoa.

Antes de tentar com as palavras, Bené Fonteles tentou com as figuras. Usando o xerox, instrumento de reprodução, para criar imagens únicas, com distorções-pinceladas que obtinha movendo manualmente o original sobre o vidro enquanto a cópia era feita pela máquina.

Depois Bené aboliu as imagens e expôs o branco dos papéis

Em vez de esculpir, expunha conjunções de pedras já esculpidas pelo vento, pela água dos rios.

Das artes plásticas à música, Bené foi se deslinguajando.

E o verbo veio. Rarefeito, com silêncio dentro. A viva não--voz dos objetos inanimados.

Nessa época em que a forma do haikai se vulgarizou, perdendo muito da condensação de sentidos que justifica sua miniatura, Bené nos brinda com esses "quase haikais", que, se não elaborados dentro da estrutura clássica do haikai (três versos, o 1º e o 3º com cinco sílabas e o 2º com sete), mantém com este uma intimidade sensitiva essencial, na captação do eterno de cada instantâneo: "vento / que / passa / roça / a pedra / que / fica".

As palavras são postas, plasticamente, uma sobre a outra, empilhadas como pedras. Totens para o vazio ("no / vaso de jade / celeste: / imagem / sem / imagem"), o branco ("venha / Bashô / diz o que não / se diz / escreve com o / branco giz / sobre uma / nuvem / branca"), a não-ação ("tal / tigela / vazia / nem / um / uso / usa / o / tao").

O deslinguajar de Bené, das imagens ao branco do papel, deste para as não-esculturas de pedras folhas penas, destas para o som, para o silêncio do som e para o silêncio do som na palavra; reflete-se nesses poemas, onde um sentido muitas vezes é a porta para outro, como em "soa / na / bruma / o / cheiro / do / âmbar" (onde o "soar" mencionado tem também um efeito metalinguístico, uma vez que "bruma" é quase um anagrama sonoro de "âmbar"), ou em "a / cor / das / acácias / no / timbre / dos / sinos" (onde o "c" de "cor" reverbera no de "acácias", assim como o "i" de "timbre" ecoa em "sinos" – o som na cor como a vogal na consoante).

Aqui a sinestesia deve seu efeito à elaboração formal que a constrói. Assim como uma sensação se traduz em outra, uma palavra pode sair de outra, como "asas" de "rasas" e "das" de "úmidas" (restando a sugestão de "uma", que contrasta com o plural de todas as palavras do poema), em "das / coisas / rasas / asas / úmidas".

Nem todos os "quase haikais" de Bené possuem o mesmo rigor construtivo. Variável na feitura desses "pulsares casuais", este parece se dar como medida, com maior ou menor justeza, de outro rigor — sensorial.

Às vezes Bené opta pela expressão mais simples, límpida, literal de uma cena, mas sempre com um trabalho imagético aprimorado ("a pedra / que arremessas / apenas / contorna / a / nuvem").

Outras vezes, porém, vislumbramos, sob uma aparente simplicidade fanopaica, uma acentuada complexidade logopaica, como em "no pagode / de sete estrelas / picos pintados / nanquim e pedra / neve e pincel / papel e vazio" — onde o branco da neve se torna a passagem entre o negro do nanquim que a retrata (por oposição) e o branco do papel (por semelhança), mesclando em branco e preto o objeto pintado à matéria física da pintura; significado e significante; contiguidade e similaridade.

A palavra neve escrita com neve no papel branco.

Quase poesia: poesia.

Lobo Solitário

*release do disco **Lobo Solitário**, de Edvaldo Santana,*
selo Cameratti, 1995

Uma boa novidade que está ecoando por aqui é a voz de Edvaldo Santana, lançando seu primeiro LP (*Lobo Solitário*) pelo selo Cameratti. O canto rouco de Edvaldo me faz pensar numa linhagem de intérpretes que incorporam o ruído à voz de uma tal maneira que denota crueza e integridade. Clementina de Jesus, Screamin' Jay Hawkins, Nelson Cavaquinho, Robert Johnson, Adoniran Barbosa. Como se o canto "sujo" ocupasse um espaço singular na música popular, constituindo já uma tradição. Ponto de intersecção, por exemplo, entre o samba e o rock. Janis Joplin e Elza Soares. Vozes em estado bruto.

Edvaldo se insere dentro dessa tradição, colocando seu timbre num contexto de aspereza urbana que lhe é muito adequado. A voz rasgada não deixa o ouvido ileso. Passa com atrito, deixando marcas. E ele sabe usar esse atrito, conjugando-o a um texto ácido e enxuto. Apuro formal e violência de sentidos. Casos exemplares dessa conjunção são *Mãos ao Alto*, de Paulo Leminski, na primeira pessoa de um assaltante na hora do crime, como se a canção dita naquele instante fosse o assalto que se estivesse cometendo ("Mãos ao alto / Isto é um assalto / Um insulto / Um sinal / O senhor me parece um homem de bem / Eu prefiro o caminho do mal / Não discuto / Eu chuto tudo pra escanteio"), e *Bica na Boca* (com letra de Glauco Mattoso) — inusitada ótica hipotética ("Calcula só..."; "Já pensou?...") do revoltado tendo a seus pés o opressor, que muitos lerão tolamente como incitação à violência, mas que estampa com clareza a distância entre a agressão e o desejo de agressão ("... Um chute só e você barbariza a dentadura / Que dá vontade dá..."), como se cantar valesse pelo chute.

A outra boa novidade é o compositor Edvaldo Santana. Herdeiro da malandragem que não vê obstáculo algum na senda que vai do samba ao *blues* (no que lembra Luiz Melodia), passando por outras formas de suingue. Pleno de achados nas divisões rítmicas, como o encadeamento do vocabulário japonês-português-yorubá em *Samba do Japa* (letra de Ademir Assumpção); as percussões vocais com as sílabas, como com a palavra "tacape" em *O Tonto e o Zorro*; o malabarismo rítmico com que divide os versos mais extensos de *Bica na Boca*; a maneira tão natural com que funkeou o fragmento das *Galáxias* de Haroldo de Campos (em *Torto*), transformando "Não me peça que te guie" num potente refrão. É interessante comparar essa versão com a de Caetano em *Circuladô*, a partir do mesmo trecho do livro de Haroldo. Ao passo que Caetano fez uma leitura inspirada nos cantadores nordestinos, Edvaldo verteu o texto para uma versão mais pop e dançante, dividindo as frases inteiramente de outro modo — o que enriquece muito a coincidência dos dois terem escolhido musicar o mesmo texto.

Haroldo, Paulo Leminski, Tom Zé, Raul Seixas, Glauco Mattoso e outros se encontram nesse disco com muita naturalidade, como se estivessem conversando na mesma sala de visitas, ou no mesmo bar da esquina. E a voz de Edvaldo amarra tudo num mesmo sotaque pessoal, intransferível; trazendo para si as diversas referências e aproximando-as pelo filtro do olho, das escolhas certeiras, como por exemplo "Metrô Linha 743", brilhantemente desenterrada do baú do Raul.

Perguntado por um jornalista sobre o *tipo* de som que ele fazia, para colocar como uma chamada na matéria, Edvaldo me contou que disse: "Põe aí: suingue". E essa é a melhor definição. É o que o possibilita passear pela barra pesada sem perder a leveza. Lixando as pedras das palavras com a voz, pra se livrar de sua dureza.

"A vida que se leva é que é levada / Quem não tem suingue não tem nada" (*Consulta*).

Jardim Zoológico

*orelha do livro **Jardim Zoológico**, de Wilson Bueno,*
Editora Iluminuras, 1999

Como um corpo que ao dançar produz a música que o faz dançar assim esses estranhos desde o nome e como se comuns agora seres animados pela mão que escreve passam a existir quando são lidos e por menos irreais que antes não fossem existissem descobertos como existem inventados tanto faz ou não reais ou mais reais que os outros muitos animais que habitam pastos ou cavernas mares pântanos secretas virgens selvas que o cabelo esconde corpo que respira e pulsa fábula que se transforma em fato como a fé que faz do mito carne e osso feto e fóssil de uma espécie desde sempre extinta mas não extinguida prenhe de presente em novos velhos sonhos feras fêmeas *zembras* machos sombras ou hermafroditas répteis ou parasitas monstros invisíveis por estarem tão expostos ou remotos de tão próximos *irús giromas radiuns* esquecidos por noé em alguma ilha onde o rosto do grotesco tem cara de maravilha e assim como na linguagem do verbete enciclopédico a ciência tem a face e o disfarce da ficção ou não ou tanto que a serpente tem na língua ainda quente o gen e o gênio do dragão ausente aqui na terra fértil onde anda e há de andar perenemente entre cardumes de *yararás guapés* e *nácares* sem pés só pelos *cordes kwiuvés* seres de vento bichos-ritos arquetípicos limosos e os que têm apenas olhos pelo corpo todo bolas do tamanho de uma mão fechada *phosphoros tatãs rememorantes* de nariz em carne viva *tiguasús lazúlis núbeis* que se matam só de tanto copular desde nascer quem morre só de olhar avista quem não crê que exista assim terríveis ou incríveis frágeis de asas finas *catoblepas ivitús agôalumem* no inventário de invenções do wilson bueno com seu voo sobre o zoom do nosso olho no seu zoo.

Origem da Poesia

texto para livreto do espetáculo **12 Poemas Para Dançarmos**, *concepção e direção de Gisela Moreau, Sesc São Paulo, 2000*

A origem da poesia se confunde com a origem da própria linguagem.

Talvez fizesse mais sentido perguntar quando a linguagem verbal deixou de ser poesia. Ou: qual a origem do discurso não--poético, já que, restituindo laços mais íntimos entre os signos e as coisas por eles designadas, a poesia aponta para um uso muito primário da linguagem, que parece anterior ao perfil de sua ocorrência nas conversas, nos jornais, nas aulas, conferências, discussões, discursos, ensaios ou telefonemas.

Como se ela restituísse, através de um uso específico da língua, a integridade entre nome e coisa — que o tempo e as culturas do homem civilizado trataram de separar no decorrer da história.

A manifestação do que chamamos de poesia hoje nos sugere mínimos *flashbacks* de uma possível infância da linguagem, antes que a representação rompesse seu cordão umbilical, gerando essas duas metades — significante e significado.

Houve esse tempo? Quando não havia poesia porque a poesia estava em tudo o que se dizia? Quando o nome da coisa era algo que fazia parte dela, assim como sua cor, seu tamanho, seu peso? Quando os laços entre os sentidos ainda não se haviam desfeito, então música, poesia, pensamento, dança, imagem, cheiro, sabor, consistência se conjugavam em experiências integrais, associadas a utilidades práticas, mágicas, curativas, religiosas, sexuais, guerreiras?

Pode ser que essas suposições tenham algo de utópico, projetado sobre um passado pré-babélico, tribal, primitivo. Ao mesmo tempo, cada novo poema do futuro que o presente alcança cria, com sua ocorrência, um pouco desse passado.

Lembro-me de ter lido, certa vez, um comentário de Décio Pignatari, em que ele chamava a atenção para o fato de, tanto em chinês como em tupi, não existir o verbo ser, enquanto verbo de ligação. Assim, o ser das coisas ditas se manifestaria nelas próprias (substantivos), não numa partícula verbal externa a elas, o que faria delas línguas poéticas por natureza, mais propensas à composição analógica.

Mais perto do senso comum, podemos atentar para como colocam os índios americanos falando, na maioria dos filmes de cowboy — eles dizem "maçã vermelha", "água boa", "cavalo veloz"; em vez de "a maçã é vermelha", "essa água é boa", "aquele cavalo é veloz". Essa forma mais sintética, telegráfica, aproxima os nomes da própria existência — como se a fala não estivesse se referindo àquelas coisas, e sim apresentando-as (ao mesmo tempo que apresenta a si mesma).

No seu estado de língua, no dicionário, as palavras intermediam nossa relação com as coisas, impedindo nosso contato direto com elas. A linguagem poética inverte essa relação pois, vindo a se tornar, ela em si, coisa, oferece uma via de acesso sensível mais direto entre nós e o mundo.

Segundo Mikhail Bakhtin (em *Marxismo e Filosofia da Linguagem*), "o estudo das línguas dos povos primitivos e a paleontologia contemporânea das significações levam-nos a uma conclusão acerca da chamada 'complexidade' do pensamento primitivo. O homem pré-histórico usava uma mesma e única palavra para designar manifestações muito diversas, que, do nosso ponto de vista, não apresentam nenhum elo entre si. Além disso, uma mesma e única palavra podia designar conceitos diametralmente opostos: o alto e o baixo, a terra e o céu, o bem e o mal, etc". Tais usos são inteiramente estranhos à linguagem referencial, mas bastante comuns à poesia, que elabora seus paradoxos, duplos sentidos, analogias e ambiguidades para gerar novas significações nos signos de sempre.

Já perdemos a inocência de uma linguagem plena assim. As palavras se desapegaram das coisas, assim como os olhos se desapegaram dos ouvidos, ou como a criação se desapegou da vida. Mas temos esses pequenos oásis — os poemas — contaminando o deserto da referencialidade.

Vermelho

*prefácio do livro **Vermelho**, de Aguinaldo Gonçalves,*
Ateliê Editorial, 2000

Um livro de poesia não se lê apenas. Com um livro de poesia se convive.

Isso é o que requer de nós um objeto como *Vermelho*, de Aguinaldo Gonçalves — no qual as relações entre os signos ultrapassam os limites dos poemas, para se manifestarem também entre eles.

Aqui os poemas conversam, cúmplices uns dos outros, com suas imagens recorrentes, que mudam de feição a cada contexto, como nuvens que o vento vai moldando e passam a sugerir muitas coisas, sem deixarem de ser nuvens.

Aguinaldo Gonçalves vem, há vários anos, dedicando-se ao estudo das relações entre poesia e pintura (os frutos dessas reflexões podem ser apreciados em seus livros *Transição e Permanência* — Ed. Iluminuras, 1989 — e *Laokoon Revisitado* — Edusp, 1994). O diálogo entre esses dois códigos se evidencia também em *Vermelho*, não apenas por suas referências à pintura ou a pintores, mas, principalmente, pelo aspecto imagético sensivelmente elaborado de sua poesia. Fanopeia intersemiótica: "... respingando / nas colinas manchadas de longas noites..." (*Dia*).

Apesar de sua atividade crítico-teórica, que deve ter nutrido, em grande parte, o desejo e a demora desses poemas virem à luz, Aguinaldo não fez um livro onde predomina ostensivamente o caráter metalinguístico. Mais do que uma poesia que se pensa a si mesma, esta me parece uma poesia bêbada de si — onde signos recorrentes giram em torno de algo comum, que não se nomeia, "... como giram os pensamentos diante de uma nebulosa...".

Mesmo assim, as senhas sobre o fazer poético estão todas lá — a "sintaxe-menos", o "quase nada que se converte em pó", a "palavra quase coisa", o "resíduo árduo de um arado", "a plasmação do corpo feito palavra", o "canto espesso", a "camada áspera e pontiaguda", os "ângulos prismáticos do silêncio". Como se ele próprio estivesse ali no ato de leitura, sorrindo, piscando-nos um olho, assentindo com a cabeça ou tirando o chapéu, assim como alguns autores citados nos poemas; personagens-espectadores de sua escrita ou de nosssa leitura: "Rimbaud passa ao longe / E de seu barco branco e bêbado / acena, sorrindo...", "A meia distância / Valéry sorri / com o chapéu na mão", "Mondrian / emerge na esquina / com chapéu na mão", "Poe olha do alto da janela".

Das pontes e bifurcações que os signos, temas ou procedimentos comuns estabelecem entre os poemas, eclodem significações móveis, que o olhar do leitor vai descobrindo ("pérolas" que, como em *Óstraco*, rolam, soltas, do colar-livro às ostras-outros — seu destino e origem).

Um exemplo é o nexo entre os poemas *Respondendo ao poema "Rapto" de Carlos Drummond de Andrade* e *O Chapéu de Valéry* — ambos referindo-se à "geometria". O primeiro deles expressando conteúdos que irão inevitavelmente resultar nela ("mesmo assim, a matéria transformada em forma pura / encontrará na geometria a sua essência") e o segundo, ao inverso, descrevendo a vida material nascendo a partir dela ("A geometria / desmemorializada / deixou cair no bueiro / arestas / ângulos / formas mortas. / Alinhavaram-se as linhas / e a cidade emergiu / com base plana / para acolher a imundície / do esgoto"). Os dois poemas, nesse caso, parecem se completar, ou mesmo se encaixar — a palavra "geometria" aparecendo no último verso do primeiro poema e no primeiro verso do segundo.

Uma terceira referência à geometria aparece no já citado *Óstraco*, que ocupa um lugar central na ordem do livro (abrindo a terceira, de um conjunto de 4 partes, após o poema *Ocaso*, que encerra a segunda). Nele, podemos ler uma espécie de síntese da dicotomia entre geometria e matéria (forma e conteúdo?): "Desenho de uma forma / Que se embate nesta geometria finda e infinda / Como o glóbulo ocular / Imune ao sol sem raios no nascente."

Outro exemplo dessa "poesia entre poemas" se mostra na reverberação da oposição nadar/andar, de "peixes nadam / peixes andam / entre águas", no andar/navegar de "Mesmo que todo calçamento esteja solto / procurarei os pontos certos / e chegarei ao porto / sem vento". O anagrama entre as formas verbais "nadam" e "andam", do primeiro poema, se transmuta na paronomásia entre os substantivos "pontos" e "porto", do segundo. Ao mesmo tempo, o seu "entre águas" ecoa em outro haikai, lido duas páginas antes: "rio manso / corre / para o mar bravio".

Principalmente em sua segunda parte, *Vermelho* encadeia os poemas como peças de um jogo de montar, ou como cacos de algo que se quebrou. Referentes como o sol, a memória, o novelo, a terra, o horizonte, o moinho, o tempo, a areia, os resíduos, comparecem em diversos poemas, e vão se desdobrando como "traços, pegadas, grifos, hieroglifos", uns dos outros.

E assim seguimos, sujeitos a novas descobertas a cada (re)leitura deste livro, como se houvesse ali várias camadas subterrâneas onde se enredam suas imagens. "... Teias de tuas veias mornas / tecendo a crosta interna". Não à toa, uma dessas imagens recorrentes é a da emersão: "Do olhar baço / ao olhar posto / (ponto imaginário) / emerge o laço / assim composto". "Quero navegar em tantas águas / Que não possa emergir em céu aberto / Mas na emersão desta miragem". "Emerge de um silêncio doído / Um ruído". "E daí os mais recônditos sortilégios emergem emergem emergem e se configuram numa forma advinda além da matéria".

Esse jogo entre superfície e profundidade já aparece no próprio título — *Vermelho*. Cores são atributos das superfícies; cobrem as partes visíveis das coisas. Ao mesmo tempo, vermelho é justamente a cor que habita o interior oculto de nossos corpos — "Vermelho. / Arranco-lhe as entranhas / Como raízes / Intactas". Esse paradoxo que o termo carrega revela algo sobre a condição da poesia que ele nomeia, com seus vários planos de leitura ("nestas águas claras / do poema / o poço mais profundo / tem posse de um tesouro"), que se multiplicam nas relações entre os poemas. Como se não se tratasse de um livro, mas de muitos, que se revelam um sob ou sobre o outro (como as caixas que "se contêm / se sobrepõem / se contrapõem", em *Imagem*): "O / Sol / Está / Ao sol / Vermelho. / Lá está ele. / Ao sol dourado".

Diversos procedimentos formais também se mesclam e dialogam no mosaico vermelho de Aguinaldo. Entre o tom barroco ("Os espaços se bifurcam / Jorrando tempo em círculos concêntricos") e a coloquialidade modernista ("Aguardarei no porto / (vestido de terno e gravata) / o instante fatal"); o haikai ("borboletas / pontilharam de azul / pétalas amarelas") e o pop ("limões laranjas peras e maçãs / romãs manchados / alguns poemas rasgados / e unhas / muitas unhas esmaltadas"); o surrealismo ("flagro uma lua / que sopra sobre a chapa quente") e o pontilhismo ("com gotas de amoras / sobre a terra fofa"); os isomorfismos ("em caracó ó ó ó ois!") e as rupturas sintáticas e vocabulares mais radicais ("sussurras bizarros ondes onde o sss nde s s d e ssss t sig n sig si sim kraft clug si"); os diferentes estilos da primeira parte, onde cada poema dedicado é um pouco impregnado pela forma daquele a quem se dedica, e o indisfarçável sotaque simbolista que perpassa muitos deles.

Essa diversidade de situações formais se entrelaça ao uso reiterado de alguns signos, ampliando as possibilidades combinatórias, que percorrem todo o livro — dos diálogos com a tradição que compõem sua primeira parte, ao predomínio da temática lírico--amorosa, na última; passando pelos poemas inter-relacionados por um feixe de signos (segunda parte) que se rompe (*Óstraco*) em estranhas justaposições de imagens mais distantes, surpreendentemente associadas (terceira parte).

Aguinaldo Gonçalves, com sua aguda consciência de linguagem, consegue, em *Vermelho*, esquecer o suficiente seu arcabouço teórico para que ele, incorporado, se manifeste como criação poética. Aqui, o crítico-poeta deixa de ser, para deixar o poeta-crítico ser.

Músicas pra serem cantadas com a boca cheia

release do disco
Para Quando o Arco-íris Encontrar o Pote de Ouro*,*
de Nando Reis, Warner Music, 2001

Quem já se ligou nas composições do Nando, dentro ou fora dos Titãs, sabe o quanto é singular a sua maneira de entoar as palavras sobre o que as mãos desenham no violão, equilibrando, com maestria, a simplicidade e a estranheza em músicas como *O Homem Cinza, O Camelo e o Dromedário, Isso Pra Mim é Perfume, Diariamente, Seo Zé, ECT* ou *Meu Aniversário*, entre muitas outras.

E quem ouviu o último disco de Cássia Eller, produzido por ele no ano passado, e ali desfrutou de músicas como *O Segundo Sol, Meu Mundo Ficaria Completo (Com Você), Infernal* ou *As Coisas Tão Mais Lindas* já sabe que ele vem de um momento especialmente fértil e inspirado.

É desse lugar que traz à luz agora este *Para Quando o Arco--íris Encontrar o Pote de Ouro*, reafirmando a especificidade do seu modo de fazer canções e de cantá-las, de tocar violão e esboçar o som que deve envolvê-las.

Não à toa, o violão é muito bem ouvido neste disco, funcionando como elemento de coesão da sua sonoridade. O recorte rítmico de suas levadas sendo tomado como eixo dos arranjos, que assim nunca se distanciam demais da semente da canção; da origem de sua feitura. Evidência que o aproxima de algumas canções de Bob Dylan, de Gil, de Benjor. O canto encaixando as palavras nas melodias com aquela precisão, como pedras em colares, uma após a outra, no fluxo bem articulado das sílabas com as batidas do violão.

Músicas pra serem cantadas com a boca cheia (de que outra forma se poderia dizer "escorre aos litros, o amor"?), furiosa (como em *Para Quando o Arco-íris Encontrar o Pote de Ouro*) ou serenamente (como em *Relicário*). Ou com a naturalidade de quem está com uma câmera filmando a paisagem que o cerca ou recheia, ou passa livre de dentro pra fora, ligando e religando os circuitos entre ar e pele.

Versos longos, orações que se desdobram em outras, pensamentos movediços como em *O Vento Noturno do Verão* — viagem que vai do passado ao futuro, da microlembrança de uma ladeira subida ao macrogiro do planeta no universo com seus mares e ares e árvores; engrenagens de corpos celestes e corpos humanos se encaixando há milhares de anos.

Uma das características mais marcantes do estilo do Nando é a maneira como ele desloca elementos materiais do cotidiano e acende sobre eles novas luzes, fazendo-os brilhar como sóis sobre o resto; imantando-os de qualidades sensíveis mais acentuadas.

Apertar o botão do elevador, usar com força uma caneta azul, subir uma ladeira, apoiar-se com as mãos na borda da piscina — fatos assim corriqueiros Nando recorta, desterritorializa e usa como metáforas de sentimentos ou sensações. Dá a eles outra densidade emocional; substância nova para as superfícies de sempre.

Assim, objetos como o "all star azul", o "camelo lindo que enfeita o maço", o "guardanapo sujo que foi amassado", a "cor do esmalte" escolhida, os pés que "se espalham em fivela e sandália", a "cartilha" com "o A de que cor?" — eclodem como fragmentos de matéria real que ganham maior intensidade e intimidade para/com quem ouve.

Talvez seja isso o que me comove tanto neste disco e me faz ver, em seu perfil pop bem delineado, algo tão original.

Por sintetizar simplicidade e absurdo em imagens como a "colcha impecável" ou o "dia tão vertical", e expressar raciocínios intrincados como "porque eu só vi direito após vir o defeito eleito pr'uma imagem", com a mesma naturalidade e a mesma adequação melódica com que canta "porque eu te amo".

O sentimento amoroso, pendular entre dor e regozijo, ante presença ("ficar feliz, te ver feliz me faz bem") ou ausência ("o vão que trazem suas mãos / é só porque você não está comigo") da pessoa amada, permeia todo o disco. Suas muitas formas se interseccionam entre as faixas. Apazigua-se em *Nosso Amor*, que pode ser lida tanto como uma versão sem nomes próprios da *Quadrilha* de Drummond, quanto como o amor do casal que se desdobra e multiplica nos filhos. E encontra na faixa título, *Para Quando o Arco-íris Encontrar o Pote de ouro*, seu momento mais pleno; potência capaz da espera, para a realização do impossível.

Durante a semana em que fiquei escutando o disco para escrever este texto, suas músicas ficaram indo e vindo, acordava e ia dormir com elas na cabeça, na veneta, na imaginação e assim ainda estão rondando algum lugar indefinido de meu corpo ou consciência, se é que tem alguma diferença.

O que eu quero dizer é que esse não é um disco de se ouvir pouco. É inevitável que se conviva um tempo com ele, que ele fique atuando nas inúmeras camadas de emoções que recobrem outras emoções.

Alguém me disse um dia algo assim como: "por que será que sempre que eu vejo beleza eu acho parecido com tristeza?". E eu vejo um pouco disso aqui, no disco do Nando. Principalmente numa música como *Relicário*, "milhões de vasos sem nenhuma flor", fraturada ao meio pelo quinteto de cordas que a dissolve para deixá-la renascer depois qual fênix que finda o disco pra recomeçar de novo dizendo "é bom olhar pra trás".

As trilhas de um Corpo

depoimento sobre a trilha O Corpo, que compus para o Grupo Corpo, no livro **Lições de Dança 2**, *organizado por Sílvia Soter e Roberto Pereira, Universidade Editora, Rio de Janeiro, 2000*

Conhecia e admirava o trabalho do Corpo através de alguns espetáculos deles que havia visto. E tivemos um pequeno namoro, que foi o fato de eu haver participado cantando em uma das peças de *Parabelo*, a trilha criada para eles por Tom Zé e José Miguel Wisnik. Como o resultado final de *Parabelo* havia me impressionado muito, o convite para eu fazer a trilha do espetáculo seguinte a *Benguelê* (que já vinha sendo composto naquela época por João Bosco, para suceder *Parabelo*) me chegou com um misto de entusiasmo e preocupação, diante da responsabilidade.

Por se tratar do Corpo, com todo o padrão de qualidade técnica e artística que isso implica, minha autoexigência ficava mais acentuada. Ao mesmo tempo, era também uma experiência inédita para mim, que nunca havia composto nada especificamente para dança. E percebi ali uma oportunidade atraente para experimentar novas ideias.

Comecei trabalhando sobre alguns temas que compus ao violão e desenvolvendo outros de forma meio laboratorial dentro do estúdio, partindo muitas vezes apenas de um procedimento: gravando textos e decompondo-os, sobrepondo vários canais de vozes, sampleando sons diversos e construindo ritmos com eles, improvisando melodias sobre essas bases rítmicas etc. A isso, somaram-se as colaborações de cada um dos músicos, que improvisaram e experimentaram livremente, gravando vários canais de ideias para serem mapeadas posteriormente. Assim, uma parte do trabalho (alguns temas, melodias, textos, sequências harmônicas) foi composta antes da gravação e outra a partir dos sons já gravados; com os recursos de edição em computador, realizada conjuntamente por mim e pelo produtor Alê Siqueira.

No início do processo, trabalhei os momentos separadamente. Mas logo foi surgindo o desejo de que aqueles módulos fossem emendados numa única peça ininterrupta do começo ao fim do espetáculo. Aí passamos a trabalhar várias peças no mesmo andamento, ou em andamentos múltiplos uns dos outros, para facilitar as transições. Passei então a pensar a trilha como algo meio sinfônico — uma grande peça, com uma espécie de desenvolvimento (quase um enredo), onde se desenrolam alguns motivos recorrentes. O maior desafio foi conseguir transformar organicamente um momento musical em outro. Várias vezes, o que seria passagem entre dois momentos acabava por se tornar um terceiro, composto a partir da intersecção entre as ocorrências musicais dos dois outros.

Minha relação com a equipe do Corpo foi de muita sintonia, desde o início. Acho que os integrantes do grupo sabiam muito bem o que queriam ao me convidar, pois eu agi com total liberdade criativa durante todo o processo e o resultado parecia estar muito afinado com as expectativas deles. Durante os três meses de gravação da trilha, Rodrigo, Paulo, Macau, Fernando, Mirinha e Zenilca fizeram algumas visitas ao estúdio Rosa Celeste, onde eu, Alê e os músicos estávamos gravando a trilha. Acho que nas primeiras vezes ficamos apenas mostrando o material gravado, inventando na hora diferentes possibilidades de entrada e saída dos sons. Cada audição era única, pois eu ia abrindo e fechando os canais, apresentando um esboço das possibilidades de edição. E a empatia era sempre muito grande, com cada detalhe. As sugestões que eles nos apresentavam também eram muito procedentes ao que já estávamos buscando. Acho que essa afinidade de desejos também pode ser percebida na intimidade com que a coreografia veio a dialogar com a música.

Antes de começar a gravar eu senti a necessidade de partir de um motivo, um conjunto de sentidos, um enredo ou uma ideia, algo que pudesse ao mesmo tempo inspirar e justificar a música. O nome do grupo me deu a chave. Em primeiro lugar pelo que há de óbvio nisso — pelo fato do corpo humano ser a matéria-prima da dança, que é música incorporada. Como se isso já fosse inevitavelmente o assunto ali, e faltasse apenas reconhecê-lo. A música, assim, passava a adquirir uma nova função: tornava-se o elo entre o conteúdo (o corpo) e o meio (o corpo que dança).

Em segundo lugar, pela questão de o corpo já ser um tema recorrente em meu trabalho, em várias canções, textos ou imagens, deixando-me assim muito à vontade para lidar com ele. E a partir da escolha desse pano de fundo conceitual, as coisas foram fluindo naturalmente: as ideias dos textos, a escolha dos timbres, a pesquisa dos ritmos, a edição de sons de voz etc.

Produzi alguns textos inéditos e selecionei outros já escritos anteriormente, que de alguma forma abordavam ou tangenciavam tematicamente o corpo humano, para usar na peça. Alguns deles tiveram uma função quase que instrumental, tornando-se apenas parcialmente compreensíveis, entre muitos canais de vozes e/ou de cacos de vozes simultâneos. Outros aparecem com mais clareza. E outros ainda ficam nesse limiar da inteligibilidade, às vezes fazendo a referência se diluir no som (como no início da peça, quando palavras soltas são repetidas e vão se transformando em ritmo puro); outras vezes deixando emergir da massa amorfa algumas luzes esparsas de sentido. De qualquer forma, tudo que há de palavra na peça se refere abertamente a corpo.

O tema também me levou a usar (ou a querer simular) ruídos orgânicos: grunhido, grito, respiração, pulsação, arfar, salivação, o sangue bombeado dentro das veias, roçar de pele, os cabelos batendo, o roncar da barriga. Eu queria ritmos muito primários, tribais, tratados com modernidade tecnológica. Como se tentando criar um híbrido (às vezes harmônico, às vezes contrastante) do corpo como organismo e do corpo como mecanismo. Isto é, pensando o corpo como uma manifestação da natureza e ao mesmo tempo como uma tecnologia muito complexa e sofisticada.

Fazer música para dança é diferente de compor canção, que é a modalidade musical com a qual trabalhei desde sempre. O fato de saber que aquilo vai dialogar com outro código muda a intenção da feitura.

Quanto a estilo ou gênero eu não saberia enquadrar precisamente. Eu sempre acabo evitando me situar muito dentro de um gênero reconhecível. Quero sempre o samba que não é muito samba, o rock que não é só rock, a mistura, o som inclassificável. Nessa trilha creio que isso aparece até mais radicalmente do que em meus discos, dada a liberdade que o formato proporciona e a diversidade de elementos com que lidamos durante todo o processo. Quem quiser pode perceber ali elementos de rock, baião, funk, tecno, balada, marcha, reggae, maracatu, samba de roda, caboclinho, música indígena, flamenca, africana ou de algum país do Oriente Médio ou de qualquer estado do Brasil.

Alguns traços podem ser destacados: o uso constante de colagens; edição de fragmentos. A mescla de elementos acústicos (violão, vozes, percussão), elétricos (guitarra, baixo) e eletrônicos (sintetizadores, samplers, pedais). O processamento eletrônico de timbres. A incorporação de ruídos. O uso de canais simultâneos de voz. Os ritmos primitivos. A convivência de contrastes — violência e suavidade. Algo de Xingú e algo de *jungle*.

Os músicos que participaram trouxeram muitas ideias novas, que foram se incorporando ao material bruto a ser editado. O processo era registrar livremente, em muitos canais, e depois selecionar o que importava. Além da minha voz, há as participações vocais de Saadet Türkoz e Mônica Salmaso. Saadet, uma surpreendente cantora da Turquia, já havia participado de meu último disco, *Um Som*. Sua voz foi uma das primeiras coisas que gravamos. Havia alguns temas esboçados, ou alguns esqueletos rítmicos que eu construíra com sílabas ou ruídos, sobre os quais ela saiu improvisando estranhas melodias, sons guturais, ritmos de gemidos ou respirações. Mônica, cuja bela voz cheia de ar eu já conhecia de outros discos, dividiu comigo os cantos com palavras e também improvisou algumas melodias. O instrumental foi criado pelos músicos que tocam comigo em meus discos e shows — Edgard Scandurra (guitarra), Guilherme Kastrup (percussão), Paulo Tatit (baixo e violão) e Zaba Moreau (teclado). A inventividade deles, agindo com um espírito de livre experimentação, foi responsável pela maior parte do material sonoro. Chamei ainda Chico Neves, produtor do meu *Um Som*, para fazer uns sons na trilha. Com pedais e efeitos, Chico gerou novos timbres e texturas sonoras, através do processamento do material já gravado.

Toda a gravação e edição dessa trilha foi feita lado a lado com Alê Siqueira, que aliás já havia produzido anteriormente a trilha de *Parabelo*. Sua capacidade de lidar criativamente com o arsenal técnico do estúdio e suas procedentes sugestões musicais foram essenciais em todo o trabalho.

Vi ensaios da coreografia, ainda sem nenhum esboço de luz, figurinos ou cenários. Mas já fiquei completamente deslumbrado. É como se, apenas ali, a música tivesse ficado pronta. Como se ela fosse um devir que se realiza nos corpos e movimentos dos bailarinos. Essa sensação foi extremamente gratificante. Senti não apenas a adequação de uma linguagem à outra; era como se a dança desvendasse a música, esclarecesse-a. Rodrigo compôs a coreografia muito de dentro da música, em total afinidade com ela. E aquilo é defendido com muita garra pelos bailarinos, o que torna ainda mais íntegro o resultado. Ao mesmo tempo que sentia se confirmar cada intenção sonora, via-me surpreendido pela inventividade das soluções; muitas delas inusitadas, estranhas ou extremamente simples e por isso mesmo brilhantes.

Pude assistir a 3 ensaios, nas duas ocasiões em que fui a Belo Horizonte. A cada vez, eu descobria novos detalhes nos quais não havia reparado, ou tecia novas relações, como se houvesse ali uma fonte inesgotável de significações. Algumas relações me pareceram relevantes entre a música e a coreografia: motivos musicais recorrentes, que mudavam de função ao reaparecerem em novos contextos, pareciam obter correspondência em algumas células básicas de movimento que permeiam todo o espetáculo, pontuando o espaço e adquirindo novos sentidos em suas relações com os movimentos dos outros corpos.

À rede sonora tecida pelos sons que trabalham conjuntamente, corresponde a malha física dos corpos no espaço, com seus contrapontos destacando as relações entre as camadas de instrumentos, ruídos ou vozes mixadas. Como se a dança tornasse possível ver a música. Ou, pelo menos, ouvi-la melhor. As transformações que vão ocorrendo imperceptivelmente na trilha, sem um ponto exato de transição, encontram eco preciso na dança. E o uso constante do chão, o caráter tribal: pé mão. Os contrastes: agressividade e/ou serenidade sonora em movimentos suaves ou/e brutos. Líquidos e/ou angulosos. Ou o contrário. Curvas e arestas. Às vezes se revezando, às vezes ocorrendo simultaneamente, às vezes compondo uma mesma engrenagem. Os corpos dos bailarinos formando um só corpo; máquina de corpos.

Comentávamos, eu e Alê, durante o processo de gravação, que queríamos uma trilha que não desse folga para o ouvinte, que fosse como uma montanha-russa, na qual só se percebesse as mudanças quando elas já tivessem ocorrido. Essa vertigem parece se multiplicar diante das relações entre as partes desse corpo de corpos, gerando muitas vezes uma espécie de transe quase hipnótico. Eu sabia que era raro eles trabalharem com trilhas que envolvessem o uso da palavra, que isso poderia oferecer um desafio interessante. E a resposta foi perfeita: em nenhum momento, ao coreografar, Rodrigo caiu nas armadilhas fáceis do figurativismo, da ilustração do que está sendo cantado. Ao contrário, parece ter acrescentado novos sentidos que se relacionam ao que se canta, multiplicando as referências.

Acho que o resultado correspondeu à expectativa do grupo. Em seus últimos espetáculos havia trilhas com um instrumental mais acústico. Eu previa que, ao me chamarem, eles estavam querendo, inevitavelmente, uns barulhos, um pouco mais de sujeira e violência. Mas, na verdade, ao me chamarem, não sugeriram nenhuma direção. Nenhum tema específico, nenhum estilo, formato ou gênero que o trabalho devesse ter. Mesmo a questão da urbanidade, que depois se mostrou uma ideia importante para eles, não me foi colocada diretamente.

Quando já estava gravando, cheguei a ler uma entrevista do Rodrigo a uma revista, em que ele dizia que eles haviam me convidado porque desejavam uma coisa mais urbana (ou algo assim). Foi inevitável que esse dado aparecesse ali na minha trilha, mas não foi algo previsto. É porque ele já é inerente a mim (que sempre vivi em São Paulo), ou ao meu trabalho. Se eles tivessem me pedido explicitamente que fizesse algo urbano, não sei se eu conseguiria, talvez eu travasse, tentando buscar o que já está. De qualquer forma, trabalhei com total liberdade, sem restrição temática ou estética. E os comentários deles nas visitas que fizeram ao estúdio durante o processo se mostravam muito afinados com o que eu estava buscando.

Há muitas diferenças entre compor trilhas para dança, cinema ou teatro. Cada trilha é uma, e parece não haver fórmula ou método para que aquilo funcione. É uma espécie de alquimia entre duas ou mais linguagens. Elas têm que se integrar uma à outra de uma forma muito adequada. Acho que, mais do que diferenças entre trilhas de teatro, cinema ou dança, destacam-se diferenças entre trilhas de um espetáculo para outro. As linguagens de cada criador são únicas. Já as fronteiras entre os códigos andam mais precárias a cada dia.

Já tive alguns convites para fazer trilhas de cinema e teatro, mas não pude aceitá-los por uma falta crônica de tempo. A trilha de *O Corpo* consumiu 3 meses de gravação, fora uns outros tantos de composição dos temas, ou de predisposição interna (o que no meu caso é uma importante etapa da criação). Foi um trabalho que me fez parar com todo o resto. Nem sempre isso é possível. Talvez, por isso, eu não faça trilhas com mais frequência.

Fiz, em 97, em colaboração com Leonardo Aldovrandi, uma trilha para uma peça de teatro experimental chamada *Nº2*, que foi dirigida pelo brasileiro Tiago Carneiro da Cunha, e apresentada no *Festival d'Estiu* de Barcelona, seguindo depois para Lisboa. Era uma trilha toda feita a partir de uma colagem de vozes.

Algumas companhias (Cena 11, de Santa Catarina; Vórtice, de Minas Gerais; Cisne Negro, de São Paulo; Quasar Companhia de Dança, de Goiás) já trabalharam com músicas minhas, o que sempre foi uma grata surpresa, acrescentando novas e inesperadas dimensões às músicas. De todas essas, a que mais me surpreendeu foi a do Quasar, com o espetáculo *Versus*, quase todo composto sobre as músicas do *Nome*, um disco que já nasceu dentro de um projeto híbrido de música, poesia, linguagem gráfica, animação, vídeo etc. Então, esse novo desdobramento como que comprovava para mim as potencialidades interdisciplinares sugeridas por aquele material. E também por ser um espetáculo delicioso, com muito frescor e resultados cênicos surpreendentes. Mas isso é inteiramente diferente do que acontece agora com o Corpo. Aqui, o fato da música ter sido criada especialmente para a coreografia faz toda a diferença. As intenções da composição, o processo de feitura, os conceitos envolvidos, a relação com a companhia — tudo muda.

Eu gosto de trabalhar por encomenda, pois faço muitas coisas que não teria feito por conta própria, se não houvesse aquela requisição, e que acabam se mostrando extremamente realizadoras. Isso, às vezes, me alimenta inseguranças; acho que não vou conseguir corresponder ao que esperam que eu crie. Mas, na maioria das vezes, quando eu topo um convite, acabo conseguindo fazer algo que me satisfaça. Nas canções, isso acontece com muita frequência nas parcerias. Eu componho com muita gente diferente e há sempre um exercício interessante nisso, de se adequar à linguagem da outra pessoa. Graças a essas requisições, descubro novas formas de expressão, que talvez não descobrisse sozinho.

Minha expressão corporal nos shows é intencional, no sentido em que considero a linguagem cênica indissociável do som em qualquer espetáculo de música popular. Qualquer gesto, qualquer movimento do corpo gera uma informação que age junto à informação sonora. Ao mesmo tempo, não é intencional porque não tem ensaio, não tem premeditação, nem mesmo é muito consciente. Eu sei que me transformo quando subo no palco. Não sinto que eu esteja representando nenhum papel, nenhum personagem. Sinto-me integralmente eu mesmo, mas um *eu* que só baixa ali, naquela situação. Então, o que eu faço ali é muito espontâneo, imprevisível. Às vezes, descubro alguns passos ou gestos especialmente expressivos e passo a usá-los com mais frequência nos shows. Mesmo assim, é muito impensado o momento em que eles vêm. Quando assistiu ao show do *Um Som* em Belo Horizonte, Rodrigo, saiu dizendo que usaria alguns de meus movimentos na coreografia *O Corpo*. Mas não sei se isso acabou acontecendo.

2 perfis

textos para o livro de fotos
Música Popular Brasileira*, de Mário Luiz Thompson,*
Bem Te Vi Brasil MPB / Imprensa Oficial, São Paulo, 2001

1) Marisa Monte

Marisa Monte expressa uma consciência impressionante do que canta, quando canta. Como se dissesse ao máximo aquilo que a canção está dizendo. Seu canto é esclarecedor. Revela significados ocultos nas palavras.

A intenção certa, a prosódia justa, o timbre adequado. A pronúncia, a inflexão, a afinação, o gesto. A duração das notas, o movimento dos olhos, a forma de respirar. Tudo ali parece trabalhar junto e com muita naturalidade para carregar ainda mais de sentidos as canções. E o próprio cantar.

Essa sua consciência se expande inevitavelmente ao som, aos arranjos que cercam seu canto e, principalmente, às composições próprias, em algumas das quais eu me orgulho de ser seu parceiro.

2) Cássia Eller

O rugido do mar. A rocha. A lambida da fera. A guitarra. A faísca que escapa do fio.

Tudo ali no canto de Cássia Eller.

A brasa do cigarro brilhando na tragada, com a intensidade do que não dura, como a nota; sílaba.

Tudo sob controle sobre descontrole sob controle.

Sua voz parece um corpo material, de carne e osso e músculo e sexo. Um corpo opaco de graves e agudos soando juntos como um soco, um trago, uma onda de éter na cabeça.

Como pode isso emocionar assim?

Escândalo discreto

texto de divulgação do show de Cézar Mendes e Jussara Silveira em Salvador, dezembro de 2001

Eu queria era poder estar em Salvador neste dia 20 pra *ouvir* o tesouro que deve resultar desse encontro de Cézar Mendes com Jussara Silveira sobre o palco.

Os dois guardam muitas afinidades, para além da afinição precisa, do grau acentuado de intensidade com que abordam a música e do fato de serem baianos e morarem no Rio de Janeiro.

É espantosa a naturalidade com que, cada um a seu modo, eles nos transportam para aquele lugar antigo e amnésico onde a música nasce — Cézar nas linhas melódicas cheias de surpresas que compõe e nas harmonias de sofisticada simplicidade que ergue para sustentá-las, como nas que ergue para suster as de outros compositores. Jussara na emissão límpida e serena das canções que interpreta, estendendo os sons/palavras no limite preciso, da forma que requerem seus significados. Lições de João Gilberto, outro baiano que às vezes habita o Rio.

Conheci Cézar Mendes este ano, na Bahia, quando gravei meu disco *Paradeiro*, com Carlinhos Brown na produção. Nós o convidamos para fazer uma versão de *Exagerado*, de Cazuza, só com minha voz e o violão dele, ambientados pelos ruídos que eram captados ao mesmo tempo fora do estúdio, na rua.

O resultado foi que Cézar passou vários dias ali conosco, tocando, cantando e compondo coisas. Eu fiquei muito impressionado com a sensibilidade com que seus dedos encostam nas cordas;

síntese expressiva em cada toque. O violão em suas mãos soa diferente, mais suave e definido; e ao mesmo tempo muito intenso, como se pudéssemos ouvir mais o silêncio que o cerca, ou sentir as linhas das impressões digitais vibrando ao contato físico do nylon. E também ouvir a percussão de seus anéis enquanto ele toca. Tudo isso sem um pingo de ostentação de virtuosismo. Tudo a serviço da simplicidade. Porque antes de pensar como instrumentista ele pensa como alguém que compõe canções. E esse show com Jussara será uma das primeiras ocasiões em que Cézar apresentará pessoalmente canções de sua autoria (algumas delas já gravadas por Gal e Caetano, entre outros).

Jussara eu conheci primeiramente através de seus discos. Já tinha ficado apaixonado um tempo por aquele com canções de Caymmi. Depois vim a ouvir e ouvir muitas vezes o que ela gravou antes (*Jussara Silveira*, de 96). E fiquei mais impressionado ainda vendo-a cantar ao vivo, com densidade emocional extrema, que não deságua em dramaticidade, mantendo algo tenso e relaxado ao mesmo tempo; pênsil entre a delicadeza e a comoção. Voz carregada de sentidos, que vão se desnudando aos poucos, nas dobras entre as sílabas e suas inflexões. Depois, conhecendo-a pessoalmente, vi o quanto sua doçura é responsável pela maneira como ela soa, em carne e osso.

Cézar e Jussara nos acordam para o mistério da música. O que é afinal essa coisa? De que matéria é feita? Por que nos arrepia assim?

Esperamos que o escândalo discreto desse encontro se repita outras vezes, em outros pontos do Brasil, para que possamos saborear mais sua elegância formal, sua concentração emocional, sua sutileza explícita.

Planet Hemp

release do disco **Planet Hemp MTV Ao Vivo**,
Sony Music, 2001

quem já foi em show dos caras sabe o quanto é quente assim Planet Hemp ali no palco em frente sim queimando tudo e o público vibrando junto em volta quem não viu ainda de repente vai ficar ciente agora nesse ao vivo possante potente então atente aqui a música motivo de celebração como também veículo de alteração da consciência entra sem pedir licença com os pés na porta da apatia invade irrompe desafia sua cabeça não escapa ilesa escute como já de cara D2 anuncia com orgulho "aí, vamos fazer barulho barulho barulho" quer dizer tocar um som pesado e alto mas também romper movimentar a cena provocar bulir controverter mexer nesse vespeiro inchado das opiniões e preconceitos crenças e convicções pra desestagnar a sensibilidade de quem ouve e pensa já que consciência é uma questão de pele sim planeta fumo sabe o rumo "eu vou falando o que eu quiser" na cara agora "nada pode me parar" o hip hop rápido não para deixa os cães ladrando e passa como a caravana sem deixar cair a bola um só momento a carne viva exposta ao vivo o osso o nervo o músculo nervoso pede movimento a mente movimenta o pensamento fonte o fôlego é sem fim o som na lata aqui não poupa nada "a mente é arma, a voz é bala" manda uma pedrada atrás da outra colhe a polpa dos três discos readaptada pra um formato enxuto power trio guitarra bateria e baixo arranjos despojados de programação apenas Rafael Pedrinho e Formigão mandando bem à beça pra sua cabeça pé no chão D2 e BNegão nas vozes cada vez mais ágeis e velozes sim vamos fazer barulho eu quero estar no meio do barulho aqui onde as palavras caem afiadas lâminas na base crua sem pôr guarda-chuva contra a chuva nem peneira contra o sol "que vem sem dó" cobrindo zinco e telha e o que der na telha asfalto morro e o som de sua conexão Planet Hemp assim fazendo efeito as sílabas dentro do crânio batucando leve nos neurônios heavy fúria e manha riffs são mensagens claras para o corpo e fluem junto ao canto em múltiplas modulações melódicas do grito ao mantra alucinante ou mesmo alucinógeno uma vez que o som é a própria substância entorpecente leva pra catarse ou transe coletivo o público cantando junto não mente o recado mente aberta e corpo solto sem pecado pra sobreviver como quiser falando de qualquer barato abertamente sempre sem vergonha ou medo como aqui maconha acaba sendo o eixo de onde desabrocha crítica política atitude estética anticonformismo reivindicação de liberdades íntimas e sociais conquistas comportamentais direitos de cidadania e muito mais prazer vontade autonomia pra seguir viagem pra deixar a margem pra ter malandragem e dignidade significando-se mutuamente no discurso livre cravado no groove que remove as crostas da incompreensão das costas de quem canta dança e berra paz depois de um dois três e cada vez mais fundo no mergulho então vamos fazer barulho.

São Paulo

*texto para o livro **Alma Paulista**, concepção e direção de Luciana Raposo, ABooks Editora, São Paulo, 2002*

Foi por me sentir genuinamente desidentificado com qualquer sentimento nacionalista ou patriótico, ou com qualquer espécie de regionalismo, que escrevi e cantei coisas como: "Não sou brasileiro, não sou estrangeiro / Não sou de nenhum lugar, sou de lugar nenhum, sou de lugar nenhum / Não sou de São Paulo, não sou japonês / Não sou carioca, não sou português / Não sou de Brasília, não sou do Brasil / Nenhuma pátria me pariu", ou "Riquezas são diferenças", ou "Aqui somos mestiços mulatos cafuzos pardos mamelucos sararás crilouros guaranisseis e judárabes / Orientupis orientupis / Ameriquítalos luso nipo caboclos / Orientupis orientupis / Iberibárbaros indo ciganagôs / Somos o que somos, somos o que somos / Inclassificáveis, inclassificáveis".

Ao mesmo tempo, creio só terem sido possíveis tais formulações pessoais pelo fato de eu haver nascido, crescido e vivido sempre em São Paulo. Por essa ser uma cidade que permite, ou mesmo propicia, esse desapego para com raízes geográficas, raciais, culturais. Por eu ver e viver São Paulo como um gigante liquidificador onde as informações diversas se atritam gerando novas fagulhas, interpretações, excessões. Por sua multiplicidade de referências étnicas, linguísticas, culturais, religiosas, arquitetônicas, culinárias...

São Paulo não tem um símbolo que dê conta de sua diversidade. Nada aqui é típico daqui. Não temos um corcovado, um berimbau, uma arara, um cartão postal. São Paulo são muitas cidades em uma — do Brás a Pinheiros, do Morumbi à Freguesia do Ó, de Osasco ao Jardim Europa, da Consolação ao Pacaembú, da Móoca a Higienópolis, do Paraíso ao Ipiranga, da Vila Madalena à Liberdade. De um bairro a outro pode mudar tudo: a paisagem, os rostos, os letreiros, as praças, as lojas, o jeito, os sotaques.

Sempre me pareceram sem sentido as guerras, as fileiras nazistas, os fundamentalismos, a intolerância ante a diversidade, a xenofobia nacionalista, a "macumba para turista" de que falava Oswald de Andrade. O nacionalismo sempre me pareceu ligado ao desejo de poder, enquanto as manifestações que positivam a convivência com as diferenças são para mim sintomas de potência individual diante do mundo.

Assim, fui me sentindo cada vez mais um cidadão do planeta; sem nacionalidade, sem raça, sem religião. Acabei atribuindo parte desse sentimento à formação miscigenada do Brasil.

Acontece que a miscigenação brasileira parece ter se multiplicado em São Paulo com feições de imigrantes de muitos outros povos (judeus italianos coreanos africanos árabes alemães portugueses ciganos nordestinos indígenas latinos etc.), num ambiente urbano que foi crescendo para todos os lados, sem limites.

Até a instabilidade climática daqui parece haver contribuído para essa formação aberta ao acaso, à imprevisibilidade das misturas.

Ao mesmo tempo temos preservados inúmeros nomes indígenas designando lugares, como Ibirapuera, Anhangabaú, Butantã etc. Primitivismo em contexto cosmopolita, como quis e soube vislumbrar Oswald.

Não é à toa que partiram daqui várias manifestações culturais que souberam conceituar e positivar essa condição de hibridismo antropológico, social e cultural. A Antropofagia, a poesia Concreta, a Tropicália ("um neo-antropofagismo" — segundo depoimento de

Caetano na época — gestado em São Paulo, apesar dos inúmeros protagonistas baianos).

São Paulo fragmentária, com sua paisagem recortada entre praças e prédios; com seus crepúsculos intensificados pela poluição; seus problemas de trânsito, miséria e violência convivendo com suas múltiplas ofertas de lazer e cultura; com seu crescimento indiscriminado, sem nenhum planejamento urbano; com suas belas alamedas arborizadas e avenidas de feiura sem limites.

São São Paulo meu amor, como quis Tom Zé.

São Paulo meu horror, como no Pavilhão 9.

São Paulo de muitas faces, para que façamos a nossa, a partir de sua matéria múltipla e mutante.

Talvez isso constitua alguma forma de identidade.

365

*prefácio do livro 365, de Pojucan,
Editora DBA, Rio de Janeiro, 2002*

Estamos acostumados a nos reconhecer no espelho pela mesma cara de sempre, com feições que mudam a cada dia, ou a cada instante, em resposta ao que sentimos.

Invertendo o que varia e o que se mantém nessa experiência cotidiana, Pojucan fixa aqui uma única fisionomia nos mais diferentes suportes-cabeças, transformados por um rico repertório de soluções gráficas (distorções, sobreposições, colagem de fragmentos etc.) e invadidos por um leque variado de objetos (prato lápis cigarro livro chaleira tesoura balão pera bola de futebol espelho tijolos etc.).

Não se trata apenas do mesmo personagem. O que espanta aqui é o congelamento da mesma expressão (ou inexpressão, dada a ausência absurda de sentimentos que denota em sua imobilidade); a neutralidade emocional de seu olhar vazio, quase tolo, sem reação às violentas intervenções que o achatam, deformam, riscam, rabiscam, carimbam, recortam, desmontam e misturam com as mais improváveis matérias.

O fato desse rosto se manter intacto o desumaniza. Como se ele nos dissesse a todo momento que é um desenho.

Ambíguo entre a seriedade e o riso, seu ar parece a um só tempo sustentar e ironizar o caráter convencional dos traços que o compõem (e o próprio conceito de busto, enquanto forma acadêmica de retrato-homenagem), e que as interferências gráficas desafiam.

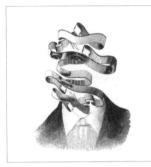  

Sua imutabilidade mantém um fio tênue de estranhamento que atravessa, página a página (dia a dia), todo o livro (ano). Nessa corda bamba se equilibram vários paradoxos — humano e objeto, invenção e retrato, transitório e permanente, o mesmo e o outro de cada dia.

Como num compêndio do nonsense cotidiano, Pojucan cria anticharges, onde o humor se rende à sensação de desconforto.

"Isso não é uma cabeça", poderia se ler como legenda em qualquer página deste livro, parodiando e ao mesmo tempo redimensionando em outro plano de significações a fórmula com que Magritte abordou a relação entre coisa (um cachimbo) e representação.

Explicitando seus artifícios gráficos, Pojucan instaura atritos de estilos — a ilustração tradicional, o rabisco infantil, o logotipo, o desenho técnico, o efeito digital, a colagem cubista, as citações de outros artistas (Pollock, Escher, Matisse, entre outros) etc. — que multiplicam ainda mais os caminhos pelos quais se dá a interpenetração gráfica de coisas do mundo nesse semblante-cenário.

Várias dessas colagens de contornos indefinidos parecem comentar-se a si mesmas, como pequenos poemas sem palavras: a perplexidade daquele olhar com o código de barras carimbado na testa, a coroa enfiada até os olhos, a caveira não por dentro mas por fora do rosto, o coração fundido à cabeça, a silhueta pulando corda que a afunda para dentro do colarinho ou o patético chapéu de festa de aniversário infantil que a deforma.

Elos perdidos entre a suspensão imobilizadora de Magritte (a inércia da face) e a fluidez de Dalí (objetos que se transformam e se dissolvem uns nos outros), recompostos em tempos digitais.

As cabeças de Pojucan, com seus olhares sempre deslocados para a esquerda, mirando o verso da página anterior, desafiam nosso olhar com o incômodo de alhearem-se a ele, como se independessem dele para existir, eterna e efemeramente, a cada dia do ano.

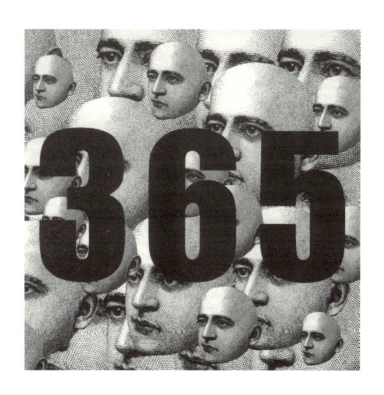

São Paulo 2

*texto para o livro **Absolut Latin America**, V&S Vin & Spirit AB, The Absolut Company, 2002*

são são paulos as muitas cidades de são paulo expostas numa superfície irregular quilômetros adiante em vales montes e relevos que o asfalto esconde recortando esquinas ruas viadutos praças largos túneis sustentando múltiplas culturas crenças e sotaques corpos sempre de passagem como os táxis faces de imigrantes vindos de todas as partes cada bairro um novo continente mooca jabaquara lapa em cada ponto um ônibus parando luz pinheiros sumaré tem sempre alguém subindo bom retiro um pouco mais lotado vai vila maria brás para o trabalho sé chineses japoneses nordestinos árabes aricanduva cantareira indígenas pernambucanos portugueses água branca sob o céu de chumbo acinzentado emoldurando prédios painéis eletrônicos de madrugada pelas avenidas infinitas vila nova conceição jardim paulista hindus ciganos alemães perdizes jaçanã judeus da liberdade ao paraíso dá pra ir andando a pé congonhas entre postes e faróis acesos catumbi barracos e arranha-céus jardim europa penha nada aqui é típico daqui ceasa coreanos água rasa italianos vila curuçá limão americanos vila madalena brancos africanos pretos cearenses pobres paraguaios ricos e mendigos cambuci pari carandiru serviços 24 horas barra funda aqui não se domina o espaço multifacetado instável se transforma a cada instante lojas abrem fecham piscam luminosos flashs fragmentos corpos de outdoors seduzem motoristas placas numa vastidão de arquiteturas híbridas entrelaçadas de épocas diversas entranhadas pistas tem lugar que nem chofer de táxi sabe aonde fica e vai cidade de cidades misturando múltiplas identidades se estendendo cresce sem controle segue aglutinando novos municípios velhos ao redor de centros de outros centros fora em outros centros dentro onde a vida explode em corpos camelôs crianças vão pra escola outras vendem balas nos faróis cinemas motoboys polícia executivos música de celulares manequins vitrines nas janelas passam entre as alamedas de árvores imensas que atravessam cabos de eletricidade para o outro lado da calçada indo para muitos lados onde a vida corre em cabos fios e carros como em veias corre o sangue da cidade nunca para os ônibus buzinas táxis pontes helicópteros pedestres lixo caminhões lixeiros shopping centers lojas casas postes bancas de revistas vilas e favelas muros grades monumentos pichações bazares bares paisagens discotecas parques restaurantes crimes desfiles de moda lotação carrega até o metrô que leva no ponto seguinte liquidificando multidões culturas cultos credos hábitos comidas cheiros cores línguas formas de viver aqui onde os lugares saem do lugar república consolação tucuruvi contrastes sem contorno ou margem paisagem sempre provisória gente diferente indo e vindo campo limpo onde se demole se constrói pra sempre instável as quatro estações num mesmo dia a dia freguesia caos cursino mirandópolis bixiga mas do alto das janelas dos apartamentos o roncar dos carros se condensa amorfo num murmúrio assim constante que parece o som do mar distante em ondas que se quebram cantos de sereias ambulâncias passam camburões cachorros ladram vila ré santana canindé moema o poluído pôr do sol dali da marginal pinheiros é um dos mais bonitos deste mundo santo amaro morumbi de um bairro a outro pode mudar tudo mas depois que chove o cheiro é o mesmo cheiro fresco de asfalto molhado flores de ipê roxo atapetando a beira da calçada vento frente à praça luzes dos letreiros toda noite a noite inteira e depois abre o sol nascente jaraguá pra todos e ninguém belém vila prudente absolutamente.

Não

*orelha do livro **Não**, de Augusto de Campos,*
Editora Perspectiva, 2003

O filósofo Ludwig Wittgenstein (que comparece neste livro *intraduzido* em *om / e. e. wittgenstein*) dedicou toda sua obra à reflexão sobre os limites da linguagem. É famosa a asserção com que ele encerra o seu *Tratactus Logico-Philosophicus*: "O que não se pode falar, deve-se calar".

No extremo mais extremo dessa (im)possibilidade, para onde a filosofia ou a fala de todo dia apenas apontam, sem alcançar, nasce a linguagem-coisa de Augusto de Campos.

Entre falar e calar, seus poemas parecem dizer o indizível, por não tentar dizê-lo, mas realizá-lo através da linguagem.

Dessa condição limítrofe surgem as marcas de negação que vêm caracterizando sua poesia há muitos anos — poetamenos, expoemas, despoesia, o afazer de afasia, o vácuo o vazio o branco, o oco, a canção sem voz, poesia sem placebo, semsaída, nãopoemas, não.

Tais sinais de menos adquirem positividade na medida em que os poemas se efetivam; minérios extraídos de recusas a todos os excessos e facilidades.

O que sobra depois de subtrair tanto? Que sumo essência medula "osso/sos"? Augusto não responde, mostra. Como em *não*, que dá título a este volume, poema feito do dizer o que não é poesia, numa sequência de pequenos quadrados brancos nas páginas negras, que vão pouco a pouco rarefazendo as colunas verticais do texto até o limite vertebral da única linha: "oesia".

Como também em *semsaída*, estampado na contracapa, que toma o mote mais repetido pelos antagonistas da poesia concreta (que ela teria levado a poesia a um "beco sem saída", expressão também citada/brindada em *desplacebo*), positivando seu sentido, afirmando a potência do desafio ante o impossível.

semsaída lembra *tudoestádito* (1974), pelo que diz, assim como pela forma de decifração que impõe para que se chegue ao que diz. E também pela livre disposição das frases, que podem ser lidas em diferentes ordens. Em *tudoestádito* esse caráter lúdico se evidenciava especialmente na versão da *Caixa Preta*, de Julio Plaza e Augusto (1975), onde o poema vinha impresso em seis folhas permutáveis. *semsaída* convida ao jogo misturando as frases num labirinto, onde se pode entrar a partir de diferentes direções.

Reverberações como essa são comuns no trabalho de Augusto de Campos — poemas que parecem comentar, ou completar, com intervalos de anos, uns aos outros. Podemos lembrar os versos da contracapa de *Despoesia* (1994) — "a flor flore / a aranha tece / o poeta poeta" — ao ler "a cor / cora / a flor / flora / o ir / vai / o rir / rói / o amor / mói / o céu / cai / a dor / dói", em *ferida* (2001), onde a obviedade se converte em estranhamento. Ou associar *não* (1990) a *poesia* (1998) — "nãoéphila / telianãoé / philantro / pianãoéph / ilosophia / nãoéegoph / iliaésome / ntepoesia", onde sobressai semanticamente o "some" que encerra a penúltima linha. E *espelho* (1993) a *desespelho* (2000), que gira em torno do "o" central (o "espelho" dentro e fora do "olho"), assim como *ruído* (1993), que por sua vez remete a *omesmosom* (1989/1992).

O próprio formato quadrado de *Não* dialoga com *Despoesia*, assim como sua estrutura, dividida em duas seções de poemas, uma de *profilogramas* e uma de *intraduções*.

Se por um lado tais recorrências denotam uma trajetória de coerência e fidelidade a um projeto estético, por outro, a poesia de Augusto de Campos se caracteriza pela busca incessante de novas soluções formais — nas diferentes possibilidades de fragmentação da linguagem; na inauguração de sistemas de leitura, onde o linear se abre ao prismático; nos signos dentro de signos, onde várias alternativas disputam, pelos cortes ou junções, o mesmo espaço sintático ("sub/ir" em "subir" — paradoxo de uma só palavra —, "pulsa" em "ex/pulsa", "ruído" em "dest/ruído", "alenta" em "rapid/alenta/mente" etc.); na exploração constante dos procedimentos gráficos (o uso cada vez mais apurado da cor, disposição e escolha de tipos, que se relacionam isomorficamente com os sentidos dos poemas e ao mesmo tempo inserem obstáculos de leitura que são incorporados à sua recepção), usados de forma estrutural e não decorativa.

Como se a cada passo conquistado fosse preciso buscar outro andar, sem repouso ("fujo de mim / e assisto a minha fuga", diz em *rapidalentamente*), cada descoberta formal alimenta o anseio de correr o risco atrás de outro processo, outro limite, outra sensibilidade.

É natural portanto que Augusto busque no repertório de recursos digitais novas instigações para sua expressão apur(depur)ada, procurando respostas de linguagem que façam usos procedentes desses meios, raramente integrados de forma tão coesa à criação poética.

Se os frutos desse embate já ampliam as possibilidades gráficas do próprio livro, no CD-ROM que o acompanha podemos apreciar ainda mais plenamente seus resultados. Nele encontramos versões animadas e sonorizadas que redimensionam poemas já existentes, como *caracol, cidadecitycité, rever*, entre outros, e criações feitas especialmente para os recursos que as sustentam, como os *morfogramas*, os *interpoemas* e outros como *criptocardiograma* e *semsaída*, que, além da já admirável inserção de movimento na palavra escrita, somada à sua ocorrência sonora, incorporam ainda o aspecto da interatividade com o receptor.

Se a poesia concreta, com sua dimensão verbivocovisual, já indicava experiências de linguagem avançadas para os meios da época (a sugestão de movimento já aparecia, por exemplo, pela composição tipológica de poemas como *velocidade*, de Ronaldo Azeredo, ou *infin*, de Augusto, ou pela sequência gráfica de várias páginas como em seus *cicatristeza* ou *oeilfeujeu*, assim como no *organismo*, de Décio Pignatari; o aspecto interativo também era já prenunciado em poema-objetos como *linguaviagem* e *tudoestádito*, da *Caixa Preta*), os recursos digitais parecem agora idealmente adequados ao seu espírito de invenção. Ao explorar suas virtualidades nesses *clip-poemas*, Augusto de Campos demonstra continuar desbravando novos territórios de linguagem, com inquietude determinada, cinquenta anos depois da formação do grupo noigandres.

Do menos ao ex, do ex ao des, do des ao não, a poesia de Augusto renova sua afirmação.

A segunda pele

poema para o livro de fotos **Nação Coragem**, *de Sérgio Guerra,*
Edições Maianga, Luanda, 2003

a segunda pele sobre
o chão da cara
escura sob
a areia
clara
da primeira
pele nos encara
da última carne que
nenhuma água há de lavar

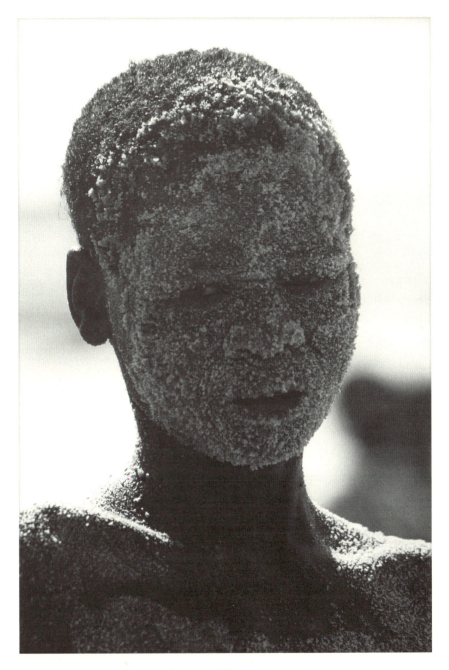

Parabólicas

texto para o livro de fotos **Parangolá**, *de Sérgio Guerra,
Edições Maianga, Luanda, 2004*

milhões de antenas parabólicas pequenas grandes brancas transparentes que os telhados lajes prédios parem pretas silhuetas cortam nuvens verticais horizontais distantes próximas paradas mas em movimento lento de expansão na contramão do cerco de uma só visão balaios para-raios lança-chamas paraquedas guarda-chuvas abertos escudos antimísseis luas discos voadores desbravando o céu em busca de outros ângulos vértices pontas ou pontos de vista e audição levados livres pelos fios correndo como em veias fendas na prisão da comunicação que agora se revelam nessas fotos como se já não houvessem sido reveladas todo o tempo assim voltadas para cima belas e terríveis células aéreas que se reproduzem pra reproduzir informação se alastram e se proliferam como seres vivos sem nenhum controle de natalidade crescem como fungos totens gloriosos glóbulos cortados pálpebras abertas para as invisíveis ondas dos satélites cruzando o céu pra todos e ninguém pra cada um a sua mesmo que mais fácil fosse dividir e assim multiplicar o que for captado cena som palavra música notícia moda diversão cultura propaganda mas uma por uma cada uma tem seu dono e cada dono ilha sua família se orgulha da sua como se não fosse pra compartilhar um pouco mais do mundo que ela existisse como se existisse um meio de reter o fluxo de som e imagem como posse pão televisão água encanada rádio rede de internet sede de saber e ver ouvir e ir e vir e vir a ser um cidadão do mundo assim conectado na aldeia global o alto de Luanda nunca mais será da mesma forma visto depois deste livro que desvenda o que já está na cara e andava desapercebido talvez não se olhe tanto assim pra cima para perceber o excesso transbordante que recorta o céu num horizonte único que vira marca de uma terra onde a guerra fez morada em tantos anos quantos danos corpos casas se reconstruindo em condições precárias mas com garra e graça enquanto chovem músicas palavras frescas pelas frestas dessas bolas parabólicas no céu de Angola.

Estrela

*orelha do livro **Cupido: Cuspido Escarrado**, de Estrela Ruiz Leminski, AMEOP — Ame o Poema Editora, Porto Alegre, 2004*

não é por ela ser filha de peixe ou de dois peixes não dos que se inspiram mas dos que respiram a poesia a cada hora do segundo dia do minuto sempre isso talvez ajude e atrapalhe ao mesmo tempo mas seu jeito para a brincadeira é sério está na cara vê-se dos haikais da infância ao jorro transparência do final do livro a intimidade o trato o tato a convivência natural com as lâminas flechas e plumas da expressão verbal aprimorando os sensos interpenetrando a vida e vice-versa a cada verso é claro a gente identifica aqui leminski alice ali piscando o olho cúmplices mas desse ninho veio um jeito dela um ovo de linguagem própria genuína e sem ingenuidade rima imagem ritmo sonoridade sem perder o tom de quem conversa solto que atravessa todo este *Cupido* como se cada poema completasse o outro articulando partes de um só corpo veias nervos ligamentos de um discurso inteiro que percorre como um fio enreda os temas com frescor que encanta por falar tão franca e claramente seja do que for de amor ou de linguagem corpo ou paisagem nicho de belezas como "essa cidade não me cabe" "o teu cansaço machuca a noite" "se em cada coisa que eu toco / fica o jasmim" aqui não há disfarce a voz é de verdade e se isso vem de um modo meio adolescente de dizer as coisas acho que os poetas de verdade vivem à vontade nessa velha adolescência para sempre gosto da expressão direta "tirem a poesia / da poesia… / é provável que nem faça falta" e também dos poemas chegarem sem título rasgando as páginas com seus ruídos prenhes de sentidos integrados como aquele "labirinto" se fragmentando e anagramando em "tino" "íntimo" "finito" "fictício" "ínfimo" "ritmo" "estímulo" "espírito" gosto do soar "tumtum" do coração do "deixe estar" "e olhe lá" "você se toca?" gosto da onomatopaica versão de bashô que injeta novidade à tradição do já tão traduzido e clássico haikai da rã no tanque d'água gosto do "o que quer quando me olho?" jogos paradoxos que pintam dando uma rasteira "eu vim aqui partir" "talvez eu goste mais de mim / no que eu sou pra você" " ...fazia muito mais falta / quando estava comigo" gosto do cuidado com a síntese "infelicidade: só o teu cachorro" "o teu saldo é a saudade" "cintura de pilão / sentimento de pilatos" e gosto mesmo muito do que diz "eu não / eu faço poesia / com alegria" como respondendo a uma questão de alguém suposta nesse "eu não" que dá mais graça e força pra o que diz depois com que me identifico e identifico aqui em todo este *Cupido: Cuspido Escarrado* o ato de criar nutrindo de alegria mesmo se expressar a dor como a poesia renovando a vida ao renovar os usos das palavras de todo dia.

Cidade lembrada

catálogo da exposição de fotos **Boa Noite, Pauliceia**, *de Eduardo Muylaert, Pinacoteca do Estado de São Paulo, 2006*

mais do que uma cidade retratada, a sombria são paulo dessas fotos parece uma cidade lembrada.

nada importante está acontecendo ali.
nada de típico ou imponente.
instantes à toa
que, desmembrados de seu contexto,
evocam uma experiência íntima.

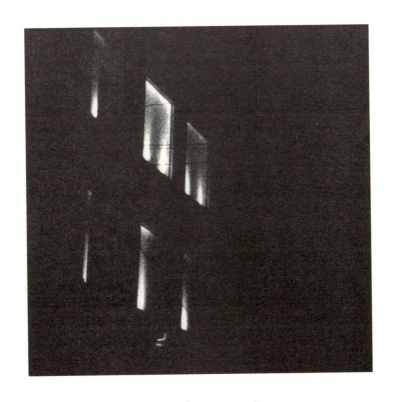

de onde vem a memória que essa foto aflora?
como pode ser memória em mim, se não é minha?
que cidade?
que saudade?
que equilíbrio de brilho e breu?

grãos estourados como
poros arrepiados
sobre a superfície
do papel.

não há preto e branco,
só cinzas, diferentes graus de cinza
(a cor do asfalto, a nuvem
escura, a janela
opaca),
chumbo e prata
formando
e deformando partes
da cidade.

uma lua de farol de carro,
uma fileira de estrelas de postes
fazem
do chão o céu
que lhe falta.

as imagens de Eduardo parecem remeter ao princípio da fotografia:
entrada rápida de luz dentro
de uma caixa escura
que captura
a imagem de fora
— metáfora da memória.

mas aqui a escassez
ex
ces
siva
de luz
gera um paradoxo com esse mesmo princípio
: o que imprime o instante é sua luz ou seu escuro?

inverso e origem da foto: negativo.

como pode um piscar de dia
fragma
na noite
condensar assim
a vida?

Poesia Concreta — 50 anos

entrevista por escrito a Paulo Roberto Pires,
*Suplemento Literário de Minas Gerais, especial **50º Poesia Concreta**,*
Belo Horizonte, outubro de 2006

De que forma a poesia concreta influenciou os rumos do teu trabalho antes e depois dos Titãs?

Considero não apenas a poesia concreta (especificamente a da fase do movimento), mas, principalmente, a produção posterior, mais individualizada, das obras de Augusto de Campos, Haroldo de Campos e Décio Pignatari, uma das coisas mais potentes que a poesia brasileira produziu neste século. É natural que, não só eu, como inúmeros outros poetas e compositores tenham sido influenciados por essa produção de alguma forma. Isso não significa que se possa falar em concretismo, como movimento, nos dias de hoje. Na minha produção verbal (cantada ou escrita), a poesia desses autores convive com outras fontes de influência, como Drummond, João Cabral de Melo Neto, Manuel Bandeira, Guimarães Rosa (para ficar só nos mais contemporâneos), a cultura do rock (Bob Dylan, Beatles, Stones etc.), o cinema (Glauber, Bressane, Sganzerla) e a sofisticada tradição textual da canção popular brasileira (de Noel, Lamartine, Lupicínio, Cartola, Caymmi, Nelson Cavaquinho, Vinicius, Caetano, Gil, Jorge Benjor, Chico Buarque, Paulinho da Viola e muitos outros).

A poesia concreta cruza crítica e criação, forma e expressão. Você acha que a cultura tecnológica de hoje acolhe melhor as formulações feitas há 40 anos?

Não sei se a cultura tecnológica de hoje acolhe melhor aquelas formulações mas, sem dúvida, a produção dos poetas concretos acolheu muito bem as novas tecnologias, como mostram suas produções mais recentes, que já se utilizaram da holografia, do vídeo, da projeção a laser, da produção gráfica ou animação em computador, das gravações sonoras utilizando criativamente o arsenal técnico dos estúdios. Alguns poemas daquela fase (como por exemplo o "organismo" do Décio, que inseria um zoom vertiginoso na palavra impressa, produzindo um movimento sequencial entre as páginas) pareciam já apontar antecipadamente para alguns recursos e procedimentos apropriados à linguagem tecnológica de hoje. Com os computadores, por exemplo, áreas de produção anteriormente distintas, passaram a se realizar conjuntamente. No mesmo instrumento você pode trabalhar com música, texto, vídeo, produção gráfica etc. "Verbivocovisual", como eles queriam, agora podendo se realizar materialmente com um arsenal de recursos muito maior.

Num artigo de 1994, você aponta um preconceito contra os irmãos Campos na raiz das críticas ao concretismo. Em sua opinião, porque persiste a resistência ao movimento?

Como disse anteriormente, nao creio ser possivel pensar em poesia concreta, como movimento, nos dias de hoje, em que a diversidade de caminhos já se tornou realidade cultural. Assisto a uma certa resistência à produção atual desses poetas, sem entender muito bem os motivos, que talvez remontem a um certo trauma causado pelo movimento nas décadas de 50 e 60. Acredito que para a minha geração essa poesia foi recebida com muito mais naturalidade.

O concretismo se aproximou da Tropicália. Haroldo e Augusto gravaram CDs com leituras de poemas e estão sempre dialogando com artistas de outras gerações, como você. O que no concretismo interessa a uma cultura pop e vice-versa?

Me interessa cada vez mais desfazer a diferenciação entre culturas ditas de "alto" e "baixo repertório". Creio que essa espécie de separação remonta a resquícios de uma mentalidade do século passado, quando a cultura erudita raramente se aproximava da popular. Tivemos uma boa amostra da resistência desse tipo de pensamento quando, há pouco tempo atrás, ocuparam-se páginas de jornal para debater se as letras de música poderiam se equiparar à poesia impressa nos livros. A modernidade toda tende a desfazer essas compartimentações, a misturar informações de diferentes códigos e universos culturais. Portanto me parecem naturais as aproximações que você cita. Além disso, a poesia concreta sempre trabalhou com o verbal tendendo para outros códigos (a música, as artes visuais, o vídeo) — misturas comuns à cultura pop. Augusto de Campos chegou a sugerir claramente essa relação quando produziu, em meados dos anos 60, os *popcretos* (citados como referência por Caetano em seu *rap popcreto*, gravado em *Tropicália 2*)

Você se considera um herdeiro do concretismo? Quem é herdeiro do concretismo?

Creio que esse tipo de confusão se deve a um movimento constante da mídia em querer catalogar, classificar, facilitar a compreensão de um fenômeno artístico, vinculando-o a um gênero ou movimento. Sou um admirador da poesia concreta e fui, evidentemente, influenciado por ela. Mas, como afirmo numa faixa de meu último CD: "somos o que somos / inclassificáveis". Não vejo sentido em se procurar herdeiros de qualquer movimento, nem acho saudável hoje em dia a ideia de um movimento coletivo que aponte para o futuro numa única direção. Acho importante frisar a importância da poesia concreta, que vem influenciando a produção de várias gerações de poetas, sem que isso negue a autonomia de suas linguagens.

Caligrafia

texto para o livro **Disegno. Desenho. Desígnio**,
organizado por Edith Derdyk, Editora Senac, São Paulo, 2007

Caligrafia.
Arte do desenho manual das letras e palavras.
Território híbrido entre os códigos verbal e visual.
— O que se vê contagia o que se lê.
Das inscrições rupestres pré-históricas às vanguardas artísticas do século XX.
Sofisticadamente desenvolvida durante milênios pelas tradições chinesa, japonesa, egípcia, árabe.
Com lápis, pena, pincel, caneta, mouse ou raio laser.
— O que se vê transforma o que se lê.
A caligrafia está para a escrita como a voz está para a fala.

A cor, o comprimento e espessura das linhas, a curvatura, a disposição espacial, a velocidade, o ângulo de inclinação dos traços da escrita correspondem a timbre, ritmo, tom, cadência, melodia do discurso falado.

Tais recursos constituem uma linguagem que associa características construtivistas (organização gráfica das palavras na página) a uma intuição orgânica, orientada pelos impulsos do corpo que a produz.

Assim como a voz apresenta a efetivação física do discurso (o ar nos pulmões, a contração do abdômen, a vibração das cordas vocais, os movimentos da língua), a caligrafia também está intimamente ligada ao corpo, pois carrega em si os sinais de maior força ou suavidade, rapidez ou lentidão, brutalidade ou delicadeza do momento de sua feitura.

A irregularidade do traço denuncia o tremor da mão. O arco de abertura do braço fica subentendido na curva da linha. O escorrido da tinta e a forma de sua absorção pelo papel indicam velocidade. A variação da espessura do traço marca a pressão imprimida contra o papel. As gotas de tinta assinalam a indecisão ou precipitação do pincel no ar. Rastos de gestos.

A própria existência de um saber como o da grafologia, independentemente de sua finalidade interpretativa sobre a personalidade de quem escreve, aponta para a relevância que podem ter os aspectos formais que, muitas vezes inconscientemente, constituem a *letra* de uma pessoa.

O contato entre o o sentido convencional das palavras (tal como estão no dicionário) e as características expressivas da escritura manual abre um campo de experimentação poética que multiplica as camadas de significação.

Além disso, suas linhas, curvas, texturas, traços, manchas e borrões, mesmo que ilegíveis, ou apenas semidecifráveis, podem produzir sugestões de sentidos que ocorrem independentemente do que se está escrevendo, apenas pelo fato de utilizarem os sinais próprios da escrita.

O *A* grávido de *O*. *Erres* e *esses* atacando *es*. A multiplicação de *agás*. Rios de *us* e *emes* e *zês*.

Esqueletos de signos fragmentados.

Dança de letras sobrepostas possibilitando diferentes leituras.

Paisagens.

Horizontes ou abismos.

Anormal

*release do disco **Anormal**, de Jonas Sá, Som Livre, 2007*

A música pop parece às vezes estar tão saturada de si mesma, que nos surpreende ouvir algo que fale essa língua com tanto frescor e entusiasmo, como esse *Anormal*, de Jonas Sá.

Radicalmente pop, em todos os bons sentidos que a sigla pode abranger, inclusive a anormalidade — estranhamento, originalidade. Músicas como *Anormal, Sayonara, Melhor Assim*, que a gente não quer que acabem; que quando chegam ao refrão dá vontade de subir o volume, para além do dez, até aonde o botão não vai mais.

Alargando os contornos dessa linguagem, entre normal e anormal, com direito ao paranormal ("Marque um encontro / entre vossas ondas / cerebrais") — equações de uma matéria que se renova enquanto reafirma sua capacidade de comunicação simples e direta.

De Jorge Benjor a George Benson, de James a Carlinhos Brown, muitos são os ecos que *Anormal* desfralda, em estilhaços de referências — Mutantes, Lulu Santos, Los Hermanos, Beck, Gil — sem deixar de afirmar uma identidade própria na maneira de compor, no vigor do canto, na concepção inventiva dos arranjos.

O disco de Jonas me faz lembrar a densidade dos discos de Cassiano, com suas muitas camadas de informação sonora, resolvidas em um projeto claro e audacioso. Exuberância concisa. Tudo aqui soa grande, sem ser grandiloquente.

Ao mesmo tempo, parece impossível um disco tão cheio de elementos e texturas (estão lá o "sofá felpudo" e o "tapete de pele de vaca", "a água suja da pia" e o "mel de abelhas na garrafa", a "lama da galocha" e as "plumas"; substâncias táteis e palpáveis), ter tanta leveza. A mixagem é um primor. Ouve-se tudo claro, com peso e pegada. Teclados, metais, cordas, coros de muitas vozes, bateria, percussões, baixo, muitas guitarras. Jonas, Bartolo e Moreno, que produziram, gravaram e editaram, conseguiram deixar tudo definido, bem delineado. Parece que a gente enxerga o que cada instrumento está fazendo.

"Equilibrada ponte que nos leva ao universo livre de mega-maravilhas."

E também exploram ruídos, sobreposições de timbres, filtros e distorções, sem temor nem vulgaridade. Tudo tão bem integrado às canções, como se elas e o som que as cerca pertencessem a um mesmo organismo, indissociáveis. Assim como a letra de *Anormal*, que abre o disco, descreve simultaneamente um ambiente e uma pessoa; partes um do outro (como também em *Looking For Joy*: "I'm looking for the one / who will be my home / deep inside the heart"). As fotos do encarte parecem reiterar isso — a boca que canta enrolada nos cabos dos instrumentos.

Assim, as melodias adoçam as ruidosas batidas que as sustêm, as sílabas se entrelaçam aos *riffs* de guitarra ou de metais, as frases de percussão ou de teclado criam contrapontos com as divisões do canto, as tramas de cordas ou vocais ambientam as palavras dando--lhes profundidade.

A cada momento uma surpresa — uma segunda voz, um efeito, uma quebrada, um breque, uma mudança de plano entre os instrumentos; sem nunca perder a fluência.

Como alguém pode chegar assim tão maduro em seu primeiro disco?

Lembro de que, em 2003, quando estava trabalhando numa pré-produção, com Bartolo e Pedro Sá, no estúdio de Pedro, no

Leblon, Jonas apareceu e mostrou algumas gravações deste disco, que estava em processo. Àquela altura já havia um material denso, com uma grande quantidade de canais gravados em cada faixa. Ouvindo o resultado agora, anos depois, parece um milagre o modo como a realização final ficou à altura da ambição do projeto. O disco foi sendo feito aos poucos, ao longo de seis anos. E os muitos componentes foram todos se equilibrando para, ao mesmo tempo, fortalecer e violentar as canções.

Quanto a elas, surpreendentes em sua potência e eficácia, parecem se amarrar tematicamente, criando curto-circuitos para falar de si através do outro (*Anormal*), de si para o outro (*Tenha Um Bom Dia, Sayonara*), do outro para si (*Real Love Real Player*), de si para si (*De Mim Pra Eu, Apenas 1*), de si contra si (*Versus*), do outro para o outro (*Comunicação*).

Dança de sentidos que embaralha primeira, segunda e terceira pessoas, interagindo diferentemete a cada canção, num leque variado de alternativas e alter egos.

"Entre o dentro e o fora / Entre as belas e as feras".

O *Anormal* de Jonas injeta vida nova no panorama da música pop que se faz no Brasil, no mundo, nas esferas.

Babilaques

texto para o livro ***B.A.B.I.L.A.Q.U.E.S — Alguns Cristais Clivados****, de
Waly Salomão, Oi Futuro / Contra Capa Livraria / Kabuki Produções
Culturais, Rio de Janeiro, 2007*

A palavra impressa num livro não bate do mesmo jeito que a palavra escrita à mão num caderno, que não bate do mesmo jeito que a palavra escrita à mão num caderno colocado num contexto (pedra, pano, carro, mangueira, balde, lata, livro, chão, cimento, roupas, papéis), que não bate do mesmo jeito que a palavra escrita à mão num caderno colocado num contexto e fotografado num ângulo, luz e enquadramento específicos. Ela passa a ser componente de uma outra linguagem.

Cada elemento desses contamina o verbal com informações que o ressignificam, assim como a voz ressignifica as palavras que diz ou canta, assim como a rua em torno ressignifica um outdoor, uma placa de trânsito ou o letreiro de uma loja.

Os objetos híbridos que Waly nomeou de *Babilaques* fazem uso expressivo da interferência mútua de todos esses elementos, revitalizando as palavras por suas formas de escrita manual e por seu contato com cores, objetos, ambientes.

Essa mesma consciência das interfaces da linguagem poética aparece em várias frentes de sua produção, das canções à composição gráfica dos poemas (uso de caixas altas e baixas, variações de alinhamento, sobreposições de texto e imagem). Nas capas internas da Navilouca, por exemplo, Waly apresenta (em parceria com Luciano Figueiredo e Oscar Ramos, fotos de Ivan Cardoso) uma espécie de babilaque em escala ampliada, com um grupo de pessoas na praia, segurando grandes letras que compõem e decupam a palavra *ALFAVELAVILLE*, servindo também de cenário vivo para a leitura.

O que ressalta de cara nos *Babilaques* é a liberdade de se misturar registros de discursos (diário verbo-visual, poema, ensaio, paráfrase, caderno de anotações, palavras de ordem ou de desordem); códigos (texto, objeto, colagem, caligrafia, fotografia); idiomas (português, inglês, espanhol); estilos (da fala coloquial à citações de Gertrude Stein; das frases feitas ao rascunho do discurso a se fazer; de standards como "favor comparecer à sala de recepção" ou "satisfazer a vontade do cliente" à imagens poéticas surpreendentes como "lente de aumento no escuro", ou "a menina mete o avião nas coxas e montada galopa pelo parque"; da anotação rápida de elementos cotidianos à invenção de vocábulos como "oportunizou-se", "santo graalfico", "outinside", "os dentros do whitin", entre outros) — tudo sobreposto numa escritura voraz, que parece querer engolir o mundo.

"Ele: o Amalgâmico / o filho das fusões / o amante das algaravias / o sem pureza" (*Domingo de Ramos*).

Babilaques são poemas e não são poemas, são fotos e não são fotos, são colagens e não são colagens, objetos e não objetos. Reivindicam lugar único, como uma nova modalidade artística. Por isso Waly criou esse nome-conceito, palavra inventada que já parece familiar ao nascer. Um nome ao mesmo tempo concreto e abstrato, contrapondo uma certa delicadeza que a palavra sugere (assim como seu *Armarinho de Miudezas*) à violência das cores, ambientes e formas de escrita.

Esse paradoxo entre violência e delicadeza parece estar entranhado profundamente em Waly (como soube bem expressar Caetano, na recente canção *Waly Salomão*, gravada em *Cê*: "meu grande amigo / desconfiado e estridente / eu sempre tive comigo / que eras na verdade / delicado e inocente"), e vem à tona em vários momentos de sua poesia, como no título *Gigolô de Bibelôs*, ou em passagens como "ela é filha bastarda do desvio e da desgraça, / minha alegria: / um diamante gerado pela combustão, / como rescaldo final de incêndio" (*Minha Alegria*) ou "Tapar os ouvidos com cera ou chumbo derretido. / Construir uma fortaleza de aço blindado em volta de si. / O próprio corpo produzir uma resina que feche os poros, / como o própolis faz nas fendas dos favos de mel." (*Canto de Sereia*).

Nos *Babilaques*, o contraponto de brutalidade e leveza se traduz entre o refinamento formal e a espontaneidade da escrita. "Tabaréu Construtivista".

A presença constante do caderno pautado, com sua espiral; a inclusão, num deles, das canetas com que havia escrito e os rastros e restos de cotidiano que envolvem ou invadem os cadernos, denunciam uma intimidade que nos abraça afetivamente, ao passo que a contundência das rasuras, das cores vivas berrando, das palavras manuscritas em vários tipos de letra, nos assaltam os sentidos com ferocidade.

Ao mesmo tempo que se apresentam como rascunhos rústicos, de registro rápido e acabamento precário, transformando o processo de feitura em produto final ("test", "instigação sim / ossificação não"); denotam apurada elaboração em detalhes como o nº *1* saindo do da letra *p* da palavra "primeira", o *z* de "nitidez" estendendo o traço até sangrar na margem da página, a iconização do *I* e do *O* nas palavras "inside" e "outside", o anagrama de "myself" em "yes i mlsey amor fati", a sombra do galho de uma árvore sobre a imagem do avião, a montagem de traços e blocos vermelhos rasurando em diferentes gradações a palavra "alterar".

A possibilidade de leituras não lineares, aberta pela maneira fragmentária de dispor as frases na página; a entonação e ritmo que as diversas formas de grafia vão sugerindo; a construção cuidadosa (apesar de sugerir displicência) do cenário, luz, enquadramento, *mise en scène* que compõem as situações que envolvem a escrita, também revelam o cuidado formal que envolve os babilaques, para além da precariedade que aparentam.

Eles são a tradução visual mais adequada da leitura oral que o próprio Waly fazia de sua poesia. Gestos largos e atitude vigorosa. Verbo colado ao corpo. Parecem fazer baixar sua presença física — a voz bradando, o agitar dos braços, a corrosão e a alegria contagiante. Não à toa, ele classificou-os como performances ("A palavra e o texto possuem funções interseccionais e amalgâmicas quando justapostos aos elementos integrantes dessa PERFORMANCE-POÉTICO-VISUAL"), que pressupõem a presença do corpo. Alguns deles, inclusive, correspondem a projetos de performances ("walectures", "walestras"), propondo a conjunção de leituras e projeções de slides.

Lembro-me bem até hoje da impresssão marcante que me causou a primeira vez em que vi Waly ao vivo, dizendo sua poesia. Eu era então um estudante de letras da PUC, paulista morando no Rio, em 79, e fui assistir a um debate em um teatro, no Leblon. Compunham a mesa, se não me falha a "ilha de edição da memória", Waly, Hélio Oiticica, Mautner e Gil.

Houve uma discussão acalorada entre eles e o público, que cobrava uma participação política maior dos artistas; debate comum no meio estudantil nesse período final da ditadura, ao mesmo tempo um tanto requentado dos confrontos dos anos 60, entre os tropicalistas e os defensores da chamada canção de protesto (conflito que ganhava contornos claros nos festivais de música, de onde

SANTO GRAÁLFICO Rio de Janeiro, 1977

se tornou emblemático o discurso de Caetano, reagindo às vaias na apresentação de *É Proibido Proibir*).

Lembro de me impressionar com Hélio, que logo perdeu a paciência com a cobrança do público (composto em grande parte por estudantes universitários), levantou-se da mesa, caminhou até a beira do palco com o microfone na mão e muito serenamente dizia coisas como "se eu quiser fumar eu fumo, se eu quiser cheirar eu cheiro, se eu quiser dar eu dou, ninguém tem nada a ver com isso...".

Waly decidiu responder àquela situação tensa dizendo um poema, e sua leitura me assombrou intensamente. Eu nunca havia presenciado alguém dizendo poesia de maneira tão viva. Acho que ali havia um tanto da sua experiência com a linguagem da canção, na maneira de carregar as palavras de sentido, através do ritmo, da entonação, da eloquência.

Depois, vindo a conhecê-lo pessoalmente, pude ver que essa vitalidade não se mostrava apenas em sua poesia, ou no seu modo de dizer poesia, mas também nas conversas, na atitude, na personalidade exuberante.

Muitos anos depois, no final dos anos 90, tive a felicidade de compartilhar com ele uma performance de poesia e música, no palco do Sesc Santo Amaro, em São Paulo. Nós nos revezávamos dizendo poemas sobre uma base tocada de improviso por um grupo de músicos (de que faziam parte Edgard Scandurra, Siba, do Mestre Ambrósio, os produtores Suba e Bid, entre outros).

Por não terem sido editados até hoje (com exceção de alguns deles em publicações esparsas, entre elas a revista *Atlas*, que coeditei em 88), os *Babilaques* podem parecer uma produção periférica, menos relevante no conjunto da obra de Waly. Mas na verdade eles fazem parte da própria gênese de sua poesia, como revelam os cadernos do *Me Segura que Eu Vou Dar um Troço*, (seu primeiro livro,

BEGINNING BEGINNING BEGINNING BEGINNING TO THE BEGINNING to the beginning
TO THE BEGINNING BEGINNING
to the beginning to the beginning to BEGINNING
to the beginning to the beginning beginning to the beginning to the beginning
BEGINNING BEGINNING
to the beginning to the beginning to the beginning to the beginnigto begin beginn

Self-investigation the beginning to the beginning to the beginning to
to thebeginning to thebeginning Desracination beginning beginning beginning
TO THE BEGINNING TO THE BE beginning beginning Detachment
bbbbbbbbbbbbbeginning beginning BEGINNNNNING BEGINNING BEGINNING beginning beginning beginning
auto-exame beginning beginning beginning BEGINNING TO THE TO THE

TO THE BEGINNING exame da minha propria vida longe do Brasil
to the beginning

innning begiinining away from home
tera aqui em New York mais propicio para
mim do que Bahia – Rio – São Paulo ?
mais propicio em que sentido ?

BEGINNING BEGINNING BEGI BEGINNING TO THE BEGINNING
to the beginning to the beginning to the beginning to the begiiiinning to
TO THE BEGINNING

Preciso de uma máquina de escrever
dessas elétricas IBM CORONA-SMITH etc etc
TO THE BEGINNING OTRA COSA BUSCAMOS OTRA COSA OTRA COSA BUSCAMOS
to the beginning to the begiing to the beginning to the begiiiinning to the beginning
TO THE BEGINNING BEGINNING TO THE BEGINNING

Há 7 anos atrás deste ano de 1975 larguei a Bahia
em direção ao Rio – São Paulo. Há quase
meses atrás larguei o Brasil em direção a
esta cidade de New York onde estou agora es-
crevendo estes considerandos tecendo estas considerações
tentando me siderar to the beginning to the begiiii OTRA
BEGINNING BEGINNING BEGINNING BEGINNING TO THE BEGINNING BEGINNING OTRA COSA COSA
otra cosa otra cosa OTRA COSA OTRA COSA BUSCAMOS azul sidério BUSCAMOS
BEGINNING BEGINNING SIDERAÇÕES BUSCAMOS BUSCAMOS
OTRA COSA OTRA COSA BUSCAMOS

exame da minha lingua herdada PORTUGUES
enquanto durante estou no English lab nas
American language classes lendo newspapers PARK
ouvindo The News lendo Gertrude Stein que viveu
também longe LISTEN TO THE FOLLOWING
CONSERSATION don't repeat JUST LISTEN
REWIND AND LISTEN TO YOUR WORK
REWIND YOUR TAPE TO THE BEGINNING
TO BEGINNING BEGINNING BEGINNING

de 72), fac-similados na recente reedição da Biblioteca Nacional com a Editora Aeroplano — verdadeiros babilaques pré-babilaques. Até mesmo esse nome já aparece ali citado, quatro anos antes da primeira série (NY, 75).

Hoje, revisitando os *Babilaques*, vejo neles a expressão (poética, gráfica, fotográfica, plástica, performática) contundente dos gestos afirmativos de onde toda a poesia de Waly provém.

Numa época em que muita gente do meio literário ainda se mostra reativa ao namoro da poesia com a música e com as artes visuais, Waly insere também gesto, fotografia, ambiente, objeto, colagem e atitude nesses projéteis, que finalmente agora vêm à luz e aos nossos olhos. De algum lugar, do passado ou do futuro, ele deve estar sorrindo.

Coraçãocabeça

revista virtual **Mnemosine 4**, *fevereiro de 2004*

Cada novo poema de Augusto de Campos publicado é motivo de comemoração para os apreciadores de poesia. Um tanto pela raridade de sua produção, decantada em alto rigor crítico e criativo, outro por apresentar sempre novos e surpreendentes desafios à nossa apreensão.

Assim foi com *coraçãocabeça*, editado em 1980 como um cartão avulso (posteriormente incluído em *Despoesia*), dobrado ao meio, com duas frases praticamente do mesmo tamanho, em letras brancas sobre fundo vermelho, que se espelhavam em seus perfis paralelos — as palavras *meu* e *minha*, assim como *coração* e *cabeça*, ocupando posições invertidas numa oração, em relação à outra.

Muitos poemas de Augusto fazem uso das virtualidades da própria língua, relevando e revelando algo latente, como o anagrama *viva vaia*, aguçado por sua versão gráfica; o palíndromo de *rever*, com sua metade grafada ao inverso, atravessando a página para ser revisto em seu reverso; a confluência trilíngue de *cidade*; a palavra *ser* lida de trás para frente na palavra *crescer*, em *ão*; a descoberta da palavra *olho* na palavra *espelho*, quando espelhada, em *desespelho*; entre outros. Em *coraçãocabeça*, o caráter simples e direto das orações se justapõe a uma complexa trama de coincidências formais, que desvelam outros horizontes para o que se lê na superfície.

O tema carrega uma tradição de abordagens, que vai desde expressões proverbiais como "cabeça dura" e "coração mole",

COR(EM(COME(CA(MINHA)BEÇA)ÇA)MEU)AÇÃO

passando por versos da nossa música popular — "o coração tem razões que a própria razão desconhece" (*Aos Pés da Santa Cruz*, de Marino Pinto e José Gonçalves); "o pensamento parece uma coisa à toa / mas como é que a gente voa / quando começa a pensar?" (*Felicidade*, de Lupicínio Rodrigues) — e frequentando a poesia de todos os tempos, como, por exemplo, no emblemático verso de Fernando Pessoa, "o que em mim sente está pensando" (*Cancioneiro*).

Haroldo de Campos o cita, em depoimento sobre as divergências, no fim dos anos 50, entre o grupo concreto paulista e o neoconcreto carioca: "Os paulistas, acusados pelos cariocas de 'racionalistas', defendiam na verdade um 'racionalismo sensível', uma dialética 'razão/sensibilidade', que não discrepava da máxima de Fernando Pessoa: 'o que em mim sente está pensando' e que não encontraria maiores objeções da parte do Mallarmé da 'geometria do espírito', do Lautréamont do elogio às matemáticas; do Pound da equação 'poesia igual à matemática inspirada' e, entre nós, de João Cabral do lecorbuseano e valeryano *O Engenheiro* (1945)".

Tais sentidos ecoam nesse poema, que ultrapassa a mera relação de antagonismo entre *cabeça* (pensamento/razão/forma) e

CABE(EM(NÃO(ESR(MEU)AÇÃO)CABE)MINHA)ÇA

coração (sentimento/emoção/conteúdo), para afirmar uma dialética de interação (*começa*) e tensão (*não cabe*), corporificada na cadeia sonora e icônica-visual. Partindo do plano individual, seu enunciado se amplifica até o contexto das discussões estético-culturais.

Impossível ignorar aqui o fato da sua poesia ter sido tantas vezes alvo de críticas que apontavam um suposto prejuízo da "emoção" em prol do trabalho formal ("cerebral"), forjando uma demarcação entre categorias que, na verdade, se traduzem mutuamente. O uso do caráter emocional e subjetivo como pretexto para lassidão formal foi desde o início combatido pelos poetas concretos, que defendiam o rigor construtivo e o trabalho material com a linguagem como verdadeiros meios de potencializar os aspectos sensíveis.

Coraçãocabeça se destaca na obra de Augusto pela maneira de romper a linearidade sintática através da inversão do uso de parênteses, fazendo com que as frases avancem, não da esquerda para a direita, mas do centro para fora. As características marcantes de sua poesia estão presentes — a fragmentação de vocábulos abrindo possibilidades múltiplas de leitura entre as partes, a cor e o tipo de letra realçando significados, a incorporação isomórfica dos sentidos pela estrutura formal. Mas a nova função dada aqui aos parênteses impõe um modo singular de subversão gramatical. Em vez das partes das frases virem em sequência, uma depois da outra, dão-se a nós simultaneamente, como um soco, uma vez que os parênteses funcionam um pouco como aquele "enquanto isso..." das estórias em quadrinhos.

Ao mesmo tempo, o verbo *caber* denota uma noção espacial (uma coisa dentro de outra) enquanto *começar* aponta uma ação no tempo. Os dois ocupam os parênteses centrais das duas frases e, cercados dos pares *meu/minha* e *coração/cabeça*, atuam como centros de rotação que dinamizam a simetria. Ao paradoxo *não cabe* e *começa*, infinito e sem saída como a questão do ovo e da galinha, se sobrepõe o cruzamento de tempo e espaço.

Num primeiro momento, tendemos a ler de fora para dentro (parênteses indicando inserção), como habitualmente se faria, o que nos oferece dois dodecassílabos de cadências regulares, mas de sintaxes truncadas: *coração em meu começa cabeça minha / cabeça em minha não cabe coração meu*. Só então nos damos conta de que a chave da leitura se dá no sentido oposto, do interior para o exterior. Essa inversão acentua o espanto já causado pelo entranhamento de parênteses dentro de parênteses. Em vez de se incluírem umas nas outras, as partes das frases *não cabem*, explodem de dentro pra fora, em camadas que vão se abrindo à medida que o discurso se faz, a partir de sua célula mínima (*minha* ou *meu*).

Já está presente aqui a sugestão de movimento que Augusto explorará mais adiante em suas animações computadorizadas. Assistimos as frases nascerem (*começa*) de suas sementes, como brotos que vão rompendo a terra em torno (*não cabe*), ou como a geração (*começa*) e nascimento (*não cabe*) de um feto. Coração/cabeça fecundados por cabeça/coração.

As relações orgânicas sugeridas lembram a Emily Dickinson de:

"The Mind lives on the Heart
Like any Parasite —
If that is full of Meat
The Mind is fat —

But if the Heart omit
Emaciate the Wit —
The Aliment of it
So absolute"

 Mas enquanto a metáfora escolhida por Dickinson para abordar a interação entre *mind* e *heart* se refere a alimentação; o poema de Augusto, com a oposição de gêneros justapostos e entrecortados pelos parênteses, parece sexualizar a linguagem, para expressar essa relação.

 Já no título, que apresenta os dois signos-eixos do poema, *coraçãocabeça*, temos uma série de reverberações fônicas que enredam um termo ao outro, numa cópula de opostos. Os dois têm três sílabas e começam a primeira com *c* e a terceira com *ç* (ícones de feminino e masculino). A acentuação, na sílaba central de *cabeça* e na final de *coração*, faz com que os *a*s abertos caiam apenas nas sílabas átonas das duas palavras — em *cabeça* nas extremidades (primeira e terceira) e em *coração* na sílaba do meio, como se se encaixassem, complementares.

 A oposição de gênero se reproduz também no interior de *coração*, por ter o *a* e o *o*, separados por *ça*, justamente a parte de *cabeça* que, subtraída, resulta em *cabe*. A mesma sílaba *ça* integra o final de *começa*, cortada do restante da palavra pelos parênteses.

O que sobra é *come*, que parece dar uma piscadela para o poema de Emily Dickinson, além de sinonimizar o ato sexual, em português coloquial do Brasil.

Assim, uma rede aliterativa vai se tecendo entre os substantivos e os verbos. No início do sintagma *não cabe* temos o *ão* do final de *coração* e, no final, temos *cabe*, o início de *cabeça*. O fato da sílaba tônica em *cabeça* ser central se opõe ao *não cabe*, por *caber* entre as duas sílabas, enquanto a de *coração* vem no final, se opondo semanticamente a *começa*.

Cabeça é a única palavra interrompida em pontos diferentes pelos parênteses, nas duas frases. Na da esquerda, o corte vem depois de *cabe* (separando o *ça*) e na da direita depois de *ca*, fazendo surgir a palavra *beça*, que reitera o *não cabe*, em seu sentido de excesso.

Esse entrelaçamento de associações e contrastes de sons e sentidos faz do poema um corpo vivo, onde circulam vários planos de leitura. A própria composição de orações paralelas (lado a lado, ao invés de uma sob a outra), interpenetradas pelos parênteses (que adquirem também uma dimensão icônica), reforça a sugestão sexual, principalmente ao considerarmos a sobreposição física de uma frase sobre a outra, no tocar das páginas ao se fecharem. Numa estrutura tridimensional, a palavra *coração* cai sobre *cabeça* e vice-versa, assim como *começa* cai sobre *não cabe*; como se essas palavras se atraíssem ao se livrarem de nossos olhos.

Mas há ainda a relevância dos aspectos gráficos, tão caros à poesia de Augusto de Campos. A própria cor vermelha onde se recortam as letras brancas carrega referências aos planos emocional e mental. Por ser a cor que nos habita por dentro, comumente associada à paixão ou ao coração e, ao mesmo tempo, remeter à tradição construtivista dos russos El Lissitzky e Rodchenko, que combinaram vermelho e branco em inúmeras artes gráficas. A importância da cor como elemento atuante nos sentidos parece se grafar no corpo do próprio poema, pela cesura de *coração* em *cor* e *ação*. O tipo escolhido dilata partes das letras, que parecem pulsar, inchar, quase *não caber* em si.

O sentido de *não caber*, associado à ordenação das frases de dentro para fora, sugere um questionamento da própria linguagem. Para além da noção poundiana de poesia como condensação de sentidos, esse poema nos dá a impressão de uma linguagem que não comporta a própria carga de significação e precisa se partir, vazar, explodir. Podemos ver aqui o germe do *poema bomba*, de 1987 (também incluído em *Despoesia*, numa versão computadorizada de 1992 e no CD-ROM encartado em *Não*, de 2003, na forma de *clip-poema*), onde a fragmentação do discurso não ocorre mais a partir de frases ou vocábulos, mas usando as próprias letras como estilhaços lançados na direção de quem vê/lê.

Até que ponto os sentidos *cabem* nas palavras?

Quantas mensagens *cabem* numa frase?

Quando um sentimento *começa* a ser ideia?

Onde *começa* a linguagem?

Em vez de apontar soluções, Augusto de Campos prefere explorar os limites. Com a cabeça e o coração

Entrevista para Bomb

*entrevista por escrito a Eucanaã Ferraz,
para a revista americana **Bomb**,
edição dedicada ao Brasil, Nova York, março de 2008*

Como foi o início de sua carreira musical?
Meu pai tocando piano em casa nos fins de semana. Os primeiros compactos na vitrolinha portátil. Roberto Carlos, Beatles. Eu juntando dinheiro para comprar discos, indo a pé da escola até a loja, escutando na cabine, escolhendo. Chuck Berry, Caetano Veloso, Gilberto Gil, Rolling Stones. Gravando fitas cassete da programação das rádios. A música erudita entrando através de meu pai, Yes e Led Zeppelin entrando via meu irmão do meio e João Gilberto, Vinicius e Toquinho através de meu irmão mais velho. As primeiras aulas de violão, já com desejo de compor. Comprando revistas de cifras de acordes nas bancas de jornal. As primeiras parcerias com Paulo Miklos, que era da minha classe, e com outros futuros Titãs no colégio. Aprendo que uma boa canção pode ser simples. Muitas composições, muitos ensaios. Abandono a Faculdade de Letras para me entregar a isso. Dois anos fazendo shows com os Titãs. Bares, teatros, boates, casas punk, inferninhos gays. Uma vaia histórica no Rio de Janeiro. Uma briga em Santos. Várias fitas-demo, até conseguirmos gravar o primeiro disco. Com uma música tocando nas rádios, explodem os shows pelo Brasil. Viramos presença constante em vários programas de auditório. E por aí foi.

Os Titãs foram um marco do rock brasileiro. Faça um breve balanço do trabalho da banda.

A gente começou num período muito favorável para as bandas de rock que estavam surgindo. Havia toda uma movimentação mercadológica voltada para o rock, que, evidentemente, já existia no Brasil há algumas décadas mas sempre um pouco marginalizado, não de uma maneira tão hegemônica. Apesar de fazermos parte dessa onda, nunca nos sentimos dentro de um movimento estético, como, por exemplo, a Jovem Guarda, a Bossa Nova ou a Tropicália. Era bem diferente o que cada banda fazia. No nosso caso, apesar de sermos classificados como uma banda de rock, trabalhávamos basicamente com rock, reggae e funk, fazendo combinações desses gêneros. E tínhamos também uma influência forte das canções populares brasileiras, o que aparecia inevitavelmente na nossa maneira de compor. Nos Titãs, por exemplo, conviviam informações do universo brega com informações do universo punk. Por mais paradoxal que possa parecer, para nós era natural. Além disso, nos diferenciávamos por sermos uma banda grande, com oito integrantes, cinco vocalistas que se revezavam, e todos compunham. Não começamos fazendo covers; aprendemos a tocar juntos, para podermos mostrar nossas músicas.

Em que medida o seu trabalho individual dá continuidade ao seu trabalho nos Titãs? Quais as diferenças mais marcantes?

Os Titãs foram como uma escola. Com eles aprendi a colocar a voz, a atuar sobre um palco, a compor canções em parceria, entre outras coisas. Estive no grupo desde sua formação em 1982, até minha saída em 1992. Com eles gravei sete discos. Saí dos Titãs por uma necessidade de expressar outras formas musicais que não caberiam naquele consenso de oito pessoas. Trabalhar com uma banda onde todos compõem, cantam, fazem os arranjos juntos foi um exercício de democracia interna muito enriquecedor. É interessante porque um acaba se tornando um pouco parâmetro crítico e estímulo criativo do outro. Mas depois de tanto tempo eu comecei a sentir falta de um caminho mais individual, onde pudesse trabalhar com uma diversidade maior de gêneros, timbres, formações instrumentais e formas de interpretar. Além disso, desejava espaço para mostrar as composições que vinha produzindo, sozinho ou com outros parceiros, que não pareciam ter o perfil adequado para entrarem no repertório dos Titãs.

Você começou seu trabalho como poeta, compositor e cantor numa época em que o trânsito e a contaminação entre as chamadas alta e baixa cultura eram já uma realidade inegável, com resultados excelentes. Como se deu a influência desse quadro especificamente na formação de sua sensibilidade e de sua formação intelectual?

Desde muito cedo descobri uma paixão pelas produções de ponta. Por um lado me atraíam as expressões das vanguardas artísticas, dos experimentalismos, da inovação formal, da alteração dos sentidos, dos estranhamentos. Por outro me agradava a vitalidade de manifestações populares tidas como lixo cultural — a música que tocava nas rádios AM, os programas de auditório, os gibis, fotonovelas e o kitsch de uma maneira geral. Eu via um certo elo entre essas pontas, contra uma espécie de bom gosto mediano que eu achava insosso. Claro que isso era uma herança explícita dos tropicalistas. Mas encontrava ecos disso no *luxo/lixo* e nos *popcretos* de Augusto de Campos, no cinema de Júlio Bressane, nos livros do José Agrippino de Paula, no urinol de Duchamp, em John Cage, no carnaval, nos parangolés de Hélio Oiticica, no dadá, no rock, na contracultura, em Luiz Gonzaga, Dorival Caymmi, Lupicínio Rodrigues, Cartola e toda a tradição de canção popular brasileira, que lida ao mesmo tempo com sofisticação e facilidade, com inovação e comunicação imediata.

O fato de ser paulista influenciou de algum modo a sua criação? Ou ainda, em que medida o cosmopolitismo de São Paulo foi responsável por uma espécie de abertura para todos os lugares (para lugar nenhum?) que se observa no seu trabalho?

São Paulo é uma cidade de cidades. Cada bairro parece uma cidade diferente. Aqui a formação mestiça do brasileiro se multiplicou com a presença de muitos outros imigrantes, de outras regiões do Brasil mesmo e do mundo. Acho que a vivência com essa multiplicidade étnica, cultural, linguística, arquitetônica, religiosa, culinária, comportamental, propicia um certo desapego com as noções de pátria, ou de raízes culturais. Esse sentimento já foi expresso por mim nos versos de algumas canções. Ao mesmo tempo essa grande mistura de referências talvez signifique, ela em si, uma forma de identidade, onde eu possa me reconhecer e me expressar.

Você trabalha com música, poesia, artes plásticas, performances, e faz com que uma linguagem atrevesse a outra, criando deslizamentos e superposições. Esse cruzamento de territórios seria uma espécie de ponto de partida no seu processo de criação?

Acho que vivemos um período propício às contaminações entre as linguagens. Os avanços tecnológicos e a modernidade de uma maneira geral nos trouxeram essa condição. Só pelo fato de trabalhar com música hoje em dia, por exemplo, você já está inserido numa dimensão multimídia, pois tem que pensar no clipe, no site, no projeto gráfico do disco, no cenário do show, na dança, na roupa, nos acessórios que pode usar no palco. Você pode fazer uma trilha para um filme, para um espetáculo de dança, para uma instalação etc. Agora, se eu fosse pensar um ponto de partida para tudo que faço, eu diria que é a palavra. Tudo que eu produzo envolve o uso dela (ou, ao menos, do exercício da significação poética). Seja cantada nas músicas, lida num objeto gráfico, vista numa caligrafia, vista e ouvida na tela de um vídeo, numa performance, nos mais diferentes suportes. Eu não produzo música instrumental, mas canções. Tampouco me vejo especificamente como um artista plástico, faço poemas visuais. É como se a palavra fosse um trampolim de onde me lanço em direção a outros códigos.

Embora você trabalhe numa perspectiva pós-moderna que atualiza a atitude iconoclasta do Tropicalismo – crítica ao ideais de purismo e autenticidade, desconstrução das hierarquias etc. – sua música parece manter-se distante das marcas de brasilidade que tanto interessavam aos tropicalistas. Do mesmo modo, o que se poderia chamar de um kitsch nacional – representado, hoje, por gêneros como o pagode e a música sertaneja – não entram no seu mix. O que lhe interessa? O que não lhe interessa? Por quê?

Se você olhar atentamente vai ver muitas marcas da cultura popular brasileira nas coisas que faço. Um pouco das canções românticas, um pouco de baião, batucada, xote, carnaval, samba-canção, moda de viola e outras coisas. Não que o uso dessas referências seja intencional. Elas aparecem inevitavelmente, pois são marcas da minha formação e frutos de paixões genuínas. Agora, claro que tudo isso vai entrar filtrado por uma forma de compor muito pessoal. Sempre tive um certo horror à coisa muito standartizada. Ao mesmo tempo que a música popular lida com um determinado grau de redundância (por estar integrada a um processo de comunicação de massas), sinto sempre a necessidade de estar, de alguma forma, alterando a sensibilidade e a consciência das pessoas, de não estar apenas repetindo aquilo que elas já têm como estabelecido. Acho que esse desejo é natural para qualquer artista que preze o seu ofício. Gosto das misturas. E procuro uma maneira pessoal de fazê--las. Quando, por exemplo eu interpreto uma canção de outro autor (como fiz com *Judiaria*; de Lupicínio Rodrigues; com *Juízo Final*, de Nelson Cavaquinho e Elcio Soares; com *Cinzas*, de Cassiano ou com *Exagerado* de Cazuza, Leoni e Ezequiel Neves; entre outras), tento inserir uma marca original que acrescente alguma novidade ao que as pessoas já conhecem daquela canção, sem deixar de ser, ao meu modo, fiel a ela.

Seu trabalho poético está muito ligado à visualidade, enquanto suas experiências plásticas confundem-se com a escrita. Você já afirmou que o que se vê transforma o que se lê, e que "a caligrafia está para a escrita como a voz está para a fala". Gostaria que você desenvolvesse tais questões e que caracterizasse o seu trabalho com a voz.

A caligrafia pode funcionar como um correspondente visual dos recursos entoativos da fala (ou do canto). Excitando o verbal com sugestões de sentidos que vão além dele, oferecendo contextos onde ele é transformado, gerando códigos híbridos. Você não lê o nome de uma rua como lê um bilhete de amor. O uso desses recursos de escrita ou de voz (dependendo da ocorrência) constitui linguagens, que incorporam a palavra mas alteram suas possibilidades de significação.

Seu canto parece ser uma espécie de variação da fala. Ou ainda, ao ouvi-lo, parece que nos deparamos com uma realização musical que sugere que o canto é um modo de falar. Se, por um lado, isso remete à tradição da canção, por outro aponta para uma direção completamente diferente, como o rap.

Acredito que a canção, de uma maneira geral, cristaliza recursos entoativos presentes na fala cotidiana. Desde Noel Rosa até o rap, que você cita em sua pergunta. O trabalho de Luiz Tatit como criador de canções e como teórico da canção ilustra isso de uma forma muito precisa. Acho na verdade que os dois lados a que você se refere são faces de uma mesma manifestação da canção, em suas múltiplas possibilidades. No meu caso particular, prezo a adequação da divisão das sílabas na cadência musical, da entonação melódica, da intenção do canto e dos timbres que o cercam no contexto sonoro, às coisas que estão sendo ditas nas canções. Surpreender sem perder a naturalidade.

Como você se posiciona na discussão que levanta a hipótese de que estamos assistindo ao fim da canção?

Não acredito nisso, pelos motivos que apontei na questão anterior. Creio que o rap, por exemplo, é um desdobramento legítimo da própria tradição da canção. O que vejo hoje em dia é uma multiplicação das maneiras de se fazer canções, um alargamento de suas possibilidades. Os recursos de edição digital, os filtros eletrônicos, novas timbragens e distorções sonoras, possibilidades de sobreposição de vozes simultâneas em contraponto, tudo isso acaba possibilitando outras formas de composição. Isso para mim mais estimula a linguagem da canção do que aponta para o seu ocaso.

Em todo o seu trabalho é flagrante o desejo de chegar ao mínimo essencial. A sua economia é da ordem do que se poderia chamar de minimalista. Ao mesmo tempo, porém, suas canções e seus poemas, assim como sua presença no palco, vão em direção ao excesso. A primeira tendência apontaria para a Bossa Nova, ou, especialmente, para o canto de João Gilberto, enquanto a segunda lembra a atitude tropicalista e todo o universo do rock. Como você situa seu trabalho como compositor, cantor e poeta nesse espectro que vai do minimalismo ao excesso?

Acho que esses dois aspectos convivem, sem traumas, no que eu faço.

O disco Tribalistas *– em parceria com Carlinhos Brown e Marisa Monte – foi um grande sucesso dentro e fora do Brasil. Qual o projeto do disco? Para além da questão da qualidade, a que se deve a aprovação dele? Ou ainda, o que o sucesso do disco revela sobre o mercado, o músico e o público da música pop hoje?*

Não havia projeto. O disco se fez para nós, da maneira mais espontânea possível. Eu convidei Carlinhos Brown para produzir (junto com Alê Siqueira) meu disco *Paradeiro*. Fui gravar em seu estúdio *Ilha dos Sapos*, na Bahia, e convidei Marisa para cantar comigo uma parceria de nós três (a faixa que dá título ao disco). Ela foi a Salvador gravar sua voz e, quando nos encontramos os três, começamos a compor juntos essas canções todas, obsessivamente. Marisa foi para ficar um ou dois dias e acabou ficando lá a semana toda. Diante do repertório que havíamos composto, percebemos que não havia como não registrá-lo conjuntamente. Aquilo era muito forte. E se fez sem que nos déssemos conta. Um ano depois, conseguimos abrir espaços em nossas agendas individuais para gravarmos juntos essas canções. E tentamos fazê-lo com o mesmo espírito com que elas surgiram, tocando juntos no estúdio (com Dadi e Cézar Mendes), sem planejar muito. Acho realmente que o êxito do trabalho se deve em grande parte à naturalidade com que ele foi gerado.

O que lhe interessa, hoje, na música pop? O que é que o entusiasma?
Adequação. Não forçar a barra. Liberdade para misturar. Prazer de experimentar. O estúdio como laboratório. Potência. Consciência do corpo. Doçura na medida. Vitalidade.

Você realiza um trabalho musical simultaneamente popular e intelectualmente ambicioso, confirmando uma tendência da música brasileira cujos marcos principais são a Bossa Nova e o Tropicalismo. Mas, diferentemente do que aconteceu naqueles momentos, hoje a crítica musical parece cada vez mais apressada, despreparada, por vezes fútil mesmo. Como você vê essa tensão em termos amplos e como você a vive particularmente, como criador?
Me interessa mais a crítica da rua do que a das mídias. Acho o público em geral muito menos preconceituoso, muito mais aberto às novidades do que os filtros dos grandes meios de comunicação querem fazer crer.

Como você se posiciona no atual quadro dos direitos autorais, atingido pelas novas mídias e o creative commons?
Acho que a situação do acesso livre à informação não tem volta. As trocas de músicas, textos, imagens, *softwares* e filmes via internet. Ao mesmo tempo, acho uma conquista social também irreversível a profissionalização do papel do artista. Deve-se, então, encontrar maneiras de remunerar os criadores, para que se possa continuar produzindo bens culturais. Os meios digitais impõem uma situação nova para as relações sociais e financeiras em torno da criação artística. Encontrar as formas adequadas de convívio entre esses lados é o grande desafio.

Você é regularmente nomeado como um artista de vanguarda. O que acha disso? Qual a sua dívida com as vanguardas históricas? Faz sentido, atualmente, dizer que alguém faz arte "de vanguarda"?

Não vejo muita possibilidade de se pensar em termos de vanguarda hoje em dia. Acho que se multiplicaram os caminhos por onde a novidade pode se dar. Tampouco há um contexto oficial homogêneo que se precise negar. Essa situação me parece mais interessante do que a ideia de um movimento coletivo que aponte o futuro numa única direção. No entanto, as vanguardas históricas continuam nos *nutrindo de impulsos* (Pound). E o desejo de experimentar novas formas, com ousadia, continua sendo um valor inegável para a criação, em qualquer tempo.

No seu prefácio ao livro Todas as letras, *de Gilberto Gil, você conta que ele, ao jogar o* I Ching, *fez a pergunta: "O que é que sou eu, afinal?", a que o oráculo respondeu com o hexagrama 2, todo formado de linhas abertas, "O receptivo". Você se impressionou com a nitidez daquilo, como se a imagem proposta pelo oráculo fosse a perfeita tradução de Gil. Você também seria um "receptivo"? E ainda: você é o tipo de pessoa que consulta oráculos? Você se pergunta "o que é que eu sou"?*

Admiro em Gil a maleabilidade com que ele se move entre tantos desafios éticos e estéticos. Identifico-me um pouco com isso. E admirei a precisão da resposta do *I Ching* à sua corajosa pergunta. Costumo jogar o *I Ching*, em alguns períodos mais do que em outros. Quanto mais se joga, mais compreensível parece ir se tornando sua linguagem, como se fôssemos criando uma intimidade com aquelas metáforas. Não o vejo como um oráculo que possa prever o futuro. Ele parece apresentar um quadro preciso da situação em que nos encontramos, mas não vemos com tanta nitidez (ou em toda sua extensão), e apontar condutas possíveis ante ela. Mas nunca ousei fazer essa mesma pergunta de Gil.

Do vinil ao download

release do livro **Música, Ídolos e Poder — Do Vinil ao Download**, *de André Midani, Editora Nova Fronteira, Rio de Janeiro, 2008*

Sempre acreditei que qualquer pessoa pode ser um artista em seu ofício, talvez porque a natureza da arte venha menos do "o que" se faz e mais do "como" se faz algo. A lavadeira ensaboando as roupas no tanque, o guarda de trânsito acenando para os carros, a secretária batucando no teclado do computador — todos podem exercer suas atividades com a mesma intensidade que caracteriza o que chamamos de arte, apenas pela maneira de se entregarem a elas.

André Midani, em parte por seu convívio constante com os artistas da música popular, mas também certamente por um talento pessoal, soube cumprir com arte seu papel na indústria fonográfica (não faltando aqui os ingredientes de paixão, ousadia, intuição e inventividade).

Conheci André quando fui contratado, com os Titãs, pela WEA, que ele presidia no início dos anos 80. Causou-nos forte impressão aquele senhor elegante, falando baixinho com sotaque francês e extrema jovialidade, que se divertia conosco como se fizesse parte do nosso grupo, e ao mesmo tempo agia com austeridade nas decisões profissionais.

Nosso diálogo com ele, desde os primeiros encontros, foi sempre pautado pelo entusiasmo e pela crença conjunta no êxito do que estávamos produzindo, como se ele não estivesse apenas bancando, mas embarcando junto na aventura.

Mas essa cumplicidade para com os artistas com quem ele se relacionava não era algo recente. André esteve presente nos acontecimentos mais marcantes da nossa música popular durante quase toda a segunda metade do século XX. Acompanhando de perto, não só como espectador atento, mas também como agente ativo do que ocorria em seus bastidores, ajudou a viabilizar, às vezes em condições bastante adversas (como os exílios e censuras impostos aos artistas pela ditadura militar nos anos 60 e 70), o desabrochar de um período de feliz confluência entre sucesso de massas e qualidade artística.

E ele nos brinda agora com este livro de memórias, onde relata sua convivência com várias gerações e gêneros de artistas do meio musical, preservando na escrita o saboroso tom de coloquialidade e conversa que as histórias tinham quando as transmitia oralmente.

Ficamos sabendo detalhes muito pouco conhecidos do surgimento de canções, shows e discos que vieram a se tornar clássicos, ao passo que acompanhamos um percurso de grandes mudanças numa indústria cultural ainda em formação.

Nesse contexto, coube a ele procurar soluções inovadoras — as experiências com vendas de discos a domicílio, nos moldes do que empresas como a Avon faziam com cosméticos na época; a criação de um circuito universitário de shows, para veicular a ainda nascente Bossa Nova; a formação de um grupo de pensadores de diversas áreas para formar um conselho consultivo, que se reunia com os artistas e opinava sobre as orientações da gravadora; a produção de grandes eventos reunindo todo o seu elenco, como o Phono 70. É surpreendente, por exemplo, a importância de sua atuação na concepção e realização de alguns dos encontros mais memoráveis entre grandes artistas, como Chico e Caetano, Gil e Jorge, Elis e Tom, entre tantos outros.

O trecho do livro em que André reflete sobre o inconsciente coletivo, intuição nascida do contato com o inesperado sucesso do cantor e compositor Orlando Dias, é revelador de como ele foi moldando seus critérios para compreender os resultados de uma canção para os ouvintes, em parâmetros paralelos aos de valor artístico dessas mesmas produções. Pois tinha que ter um olho nas vendas e outro no que prezava esteticamente. E o lugar onde encontrava esse ponto de equilíbrio só poderia ser o coração, como amante da música que se tornara, desde os tempos de *Jammin' the Blues* (filme que marcou sua memória ainda jovem, que buscou rever por dezenas de anos sem encontrar uma cópia e que hoje em dia pode-se ver no *YouTube*).

Não é por acaso que André atuou numa fase em que a música brasileira conseguiu conjugar alta voltagem de linguagem e grande sucesso popular. Basta lembrar os nomes de Caymmi, João Gilberto, Tom Jobim, Vinicius de Moraes, Baden Powel, Chico Buarque, Caetano Veloso, Gilberto Gil, Erasmo Carlos, Maria Bethânia, Jorge Benjor, Elis Regina, Paulinho da Viola, Hermeto Paschoal, Elza Soares, Gal Costa, Raul Seixas, Mutantes, Rita Lee, Tim Maia, entre outros protagonistas das histórias deste livro.

Nós, que fizemos parte da última geração com a qual ele trabalhou diretamente, sentíamos a potência dessa tradição a nos impulsionar, na tentativa de manter essa bola no alto.

Mas, para mim, uma de suas mais importantes lições, responsável em grande parte pela graça de se trabalhar com música, está em uma palavra que ele costumava repetir ante qualquer fato que o surpreendesse na área: "O imponderável, o imponderável...". Essa imprevisibilidade que pode fazer com que uma canção se torne repentinamente um fenômeno, sem esforço de marketing algum, ou que uma outra em que se depositou muito empenho e trabalho não aconteça como esperado. Por mais que se conheça o inconsciente coletivo, ele sempre pode surpreender.

Música, Ídolos e Poder não é só uma autobiografia, nem apenas o testemunho de histórias reveladoras do meio musical. É também uma reflexão sobre os modos de produção, veiculação e comercialização de música popular, e de suas transformações, do 78 rotações ao long-play, do vinil ao CD, do CD ao mp3.

Na última parte, quando André fala nas mudanças de mentalidade e estratégia que ocorreram na indústria fonográfica, no final dos anos 80, com a entrada em peso dos que ele chama de "tecnocratas" no comando das grandes empresas multinacionais, e com a mudança de foco, que passou a centrar-se mais na procura de hits imediatos do que na continuidade da obra dos artistas, dá para entender porque pessoas como ele faziam tanta falta no panorama das gravadoras a partir dos anos 90. Pessoas que cuidassem da música com a mesma paixão com que a produzíamos.

Digo isso não com saudosismo, mas com a esperança de que este livro possa trazer alguma luz ao meio da indústria musical, de como merece ser tratada sua matéria-prima, nestes tempos digitais.

Meio ambiente quente

Folha de São Paulo, *17 de fevereiro de 2008*

É de derrubar o queixo o artigo de Nelson Ascher de 04/02/08, nesta *Ilustrada*, onde declara que "o lobby mais poderoso e articulado é, sem dúvida, o dos verdes ou ecologistas", que estaria impondo ao mundo inúmeras restrições, baseado em "males imaginários".

Tendo em conta as enormes dificuldades em se conseguir reduzir minimamente os efeitos de uma situação planetária que vem se revelando muito mais alarmante do que até então todos supúnhamos, tal afirmação parece uma piada de mau gosto.

A urgência em se tratar da questão ambiental vem sendo comprovada por inúmeras pesquisas científicas e evidências incontestáveis, a despeito das já reportadas pressões que o atual governo americano vem exercendo sobre seus cientistas para atenuarem, retardarem, alterarem ou excluírem suas conclusões sobre o meio ambiente nos relatórios oficiais.

Nelson Ascher repete aqui a ladainha do "não é bem assim", que vem sendo usada com frequência pelos representantes dos interesses das indústrias poluentes, para tapar o sol com a peneira e não alterar suas condutas em relação ao meio ambiente. Faz isso desde o título de seu texto ("Quente ou frio?"), pondo em dúvida, não só o aquecimento global, como também a responsabilidade humana sobre ele.

É claro que medidas ecológicas implicam diretamente em reduções drásticas nos lucros imediatos de determinados grupos empresariais, diante dos quais as reivindicações dos ambientalistas (reduções nas emissões de CO2, tratamento adequado do lixo, descontaminação das águas, restrição ao desmatamento das florestas) ainda engatinham, contra muita resistência e pouca consciência.

Ao mesmo tempo, não é de espantar a postura de Nelson Ascher, para quem já vem acompanhando, em doses semanais, sua campanha a favor da desastrosa política externa do governo Bush, e de seus métodos para combater o terrorismo internacional.

Nos primeiros momentos da invasão americana no Iraque, Nelson Ascher comemorou com entusiasmo a suposta vitória (com metáforas medonhas como as de bombas caindo como *pizzas delivery*), sem perceber o quanto aquilo não se tratava de um termo e sim do início de um conflito armado que se estende até hoje, sem uma solução à vista.

Dessa visada, seu artigo parece fazer sentido, pois serve bem ao que almeja a nova ordem americana (marcada pela intolerância nas relações exteriores, assim como pela recusa em aceitar as restrições internacionais para controle do aquecimento global), contra o que já chamou, em outros artigos de "velha Europa".

Ainda, para Nelson Ascher, os defensores do meio ambiente seriam responsáveis por uma série de "proibições" que, "poucas décadas atrás, teriam parecido ridículas": "baniram os bifes", "eliminaram os transgênicos", "proscreveram os voos internacionais", "tornaram proibitivo o uso de automóveis", "plastificaram as genitálias alheias para limitar a produção de bebês", "criminalizaram a obesidade, o fumo etc."

Um mínimo de sensatez basta para duvidar da maioria dessas colocações. O culto à forma física e a proibição ao fumo têm origem mais ligada a questões de saúde pública e conservadorismo moral do que à defesa do meio ambiente.

O uso de preservativos, por sua vez, apesar de atualmente ter mais relação direta com a ameaça da AIDS e de outras doenças sexualmente transmissíveis do que com causas ecológicas como o controle de natalidade, apresenta uma alternativa libertária e necessária, contra a qual o puritanismo das forças neoconservadoras (as mesmas que tentam substituir Darwin por Adão e Eva no ensino primário) investe com a defesa das relações monogâmicas e do sexo apenas para procriação.

Quanto às outras restrições, parecem ilusórias ante a constatação da realidade cotidiana. As ofertas para consumo de carne aumentaram em quantidade e variedade nas últimas décadas, e não parece preciso lembrar aqui que parte da floresta amazônica vem sendo devastada para se tornar pasto. Os preços das passagens para voos internacionais caíram consideravelmente. As facilidades de compra parcelada de automóveis também aumentaram, a ponto do número de veículos nas ruas levarem a uma situação indomável, que nenhuma espécie de rodízio parece dar conta.

Enfim, por mais que nos queira fazer crer do contrário o articulista, venceu a cultura do excesso, do desperdício e da irresponsabilidade em relação a um futuro que não seja imediato.

É por isso que, a cada dia mais, temos que conviver com insanidades como, para ficarmos em pequenos exemplos, guardanapos de papel embrulhados um a um em embalagens plásticas, canudos de plástico revestidos um a um em embalagens de papel, sachês de material plástico embalando pequenas porções de mostarda, catchup, azeite, maionese etc., que, numa estúpida assepsia (que há poucas décadas atrás, sim, pareceria ridícula) vêm, gota a gota, degradando o planeta.

E, é claro, esse estado de coisas combina bem com a conjunção de intransigências que marcam a era Bush, apoiada principalmente pelos lobbies das indústrias petrolífera e armamentista, não só imensamente mais poderosas do que as que lutam pela preservação do meio ambiente, como também com interesses antagônicos a elas.

Muito mais graves do que as "proibições" atribuídas por Ascher aos ecologistas, são as restrições à liberdade individual levadas a cabo pelo governo americano em sua campanha antiterrorista — correspondências violadas, prisões sem mandatos ou advogados, perseguições a pessoas que se oponham à guerra, cerceamento de manifestações de rua, restrições crescentes para concessões de vistos a imigrantes.

Mas o que é mais inaceitável é a afirmação de que "a preocupação exacerbada com o clima e o meio ambiente... para a parcela miserável da humanidade, dificulta cada vez mais a superação de seu estado", ante a evidência de que os mais desfavorecidos economicamente são também os que mais sofrem as consequências das contaminações tóxicas e dos desvios naturais decorrentes delas, além de ignorar os inúmeros projetos de inclusão social relacionados à coleta seletiva de lixo e reciclagem, por exemplo, entre outras iniciativas ecológicas.

Quanto ao protocolo de Kyoto (que os EUA não assinaram, apesar de serem os maiores contaminantes), cujas metas parecem hoje insuficientes diante dos mais recentes relatórios sobre a situação ambiental, o articulista afirma "sabermos que era praticamente inútil, que as nações mais vocalmente empenhadas em seu sucesso têm sido as que mais longe ficaram das metas propostas", como se uma lei devesse deixar de existir apenas pelo fato de não estar sendo devidamente cumprida.

Há pessoas que defendem esse estado de coisas dizendo: "poderia ser pior", como no caso da ordem mundial ser tomada pelo fundamentalismo islâmico, em que todos os considerados "infiéis" poderiam sofrer violência desmedida. Eu acho que deveríamos pensar: "poderia ser melhor", se os EUA e os países que os seguem assumissem seus compromissos com o controle de abusos ambientais; se houvesse maior liberdade de trânsito entre as fronteiras; se a intolerância desse lugar ao diálogo; se todos pensassem não só nos seus filhos e netos, mas também nos tataranetos dos seus tataranetos.

Retratos Falantes

prefácio do livro **Retratos Falantes**, *de Paulo Fridman,
DBA Artes Gráficas, São Paulo, 2008*

Todo mundo aqui é bonito. Até quem é feio é bonito, nestes *Retratos Falantes*.

Talvez pelo tratamento da luz, ou por causa dos delicados tons de cinza e sépia impressos nas fotos, às vezes com resquícios mínimos de outras cores. Talvez pelo caráter naturalista dos retratos, com sutis variações de posição e enquadramento (rostos em close, bustos, ou, no máximo, abrindo até um pouco abaixo da cintura), em fundos claros-escuros de diferentes gradações.

Mas, mais que tudo, a beleza aqui parece provir da inocência com que as pessoas se entregam às lentes de Paulo Fridman. Todos passam uma verdade, ou melhor, cada um passa a sua verdade, de um modo muito transparente. Não há pose, ostentação, máscara.

Como um antídoto à beleza produzida nas revistas ou cartazes publicitários, aqui o melhor é não enfeitar, para não enfeiar. Não há maquiagem, direção de arte, figurinos. As pessoas estão como estavam na rua naquele momento. Pegas de surpresa pelo fotógrafo, abandonam por instantes seu anonimato. Além disso, são convidadas a se expor de outra forma — escrevendo (ou desenhando) o que quiserem (motivadas pelas questões que nomeiam as três partes deste livro) numa folha de papel.

Se uma imagem vale mais que mil palavras, o que vale a palavra quando se torna também uma imagem? A manuscritura presentifica as palavras em realidades icônicas que, dispostas

122

sobre os rostos, acentuam o desvelamento de cada uma dessas pessoas.

A sobreposição da escrita manual da pessoa na imagem de seu rosto fotografado atrita registros muito pessoais, que a revelam duplamente. Ela pode até não ser sincera no que escreve, mas sua letra não mente. As curvas, ângulos, espessuras, riscos e ritmos de sua caligrafia compõem outra forma de retrato, marca íntima intransferível que, assim como as feições do rosto, revelam personalidade e vivência.

Além da dimensão simbólica das palavras e da efetivação icônica delas, quando manuscritas, há também uma outra escrita, indicial, que se faz na face da pessoa pela ação do tempo — suas rugas, traços, sinais, manchas e cicatrizes são rastros de vida. Aparências que não enganam.

Paulo Fridman provoca um curto-circuito entre esses diversos planos. Escritas sobrepostas: a que a pessoa produz e a que se produz nela.

A composição gráfica das caligrafias sobre as faces, explora expressivamente as coincidências e discrepâncias entre essas duas formas de traçado — reduzindo ou ampliando letras e desenhos; dispondo-os livremente sobre o retrato; aplicando tonalidades, de modo a chegar, às vezes, ao limite da legibilidade (assim como as manuscrituras, em si, são, muitas vezes, difíceis de decifrar — e aqui cabem rabiscos, rasuras, erros de ortografia, tremores, garatujas etc.). O que resulta é uma escrita fragmentária, da qual se lê parcialmente trechos soltos, mesclando a leitura das frases à percepção do rosto e da letra da pessoa.

Assim, a escrita às vezes se torna cenário, às vezes emoldura ou reenquadra a foto, às vezes atua como uma tatuagem, ou sugere o talho primordial de uma inscrição rupestre. Às vezes se assemelha

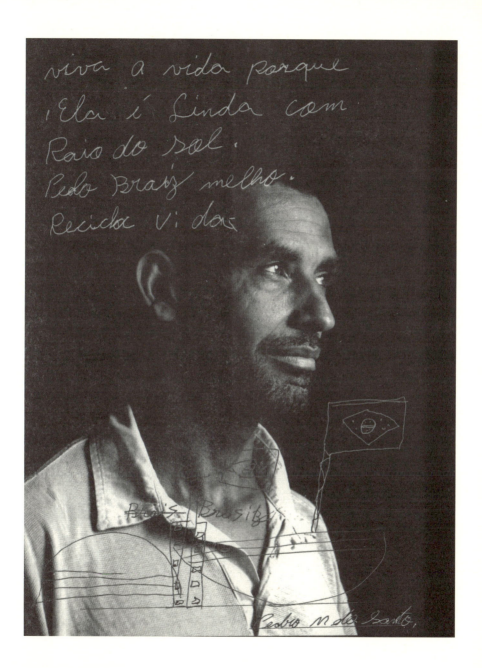

a um véu de névoa, cobrindo partes do rosto. Ondas de repetições de frases em vários tons e graus de transparência em relação às faces-fundos.

Das diferenças de idade, sexo, cor, roupa, penteado, letra etc. grita algo em comum, como se todos dissessem: "Somos a espécie humana, aquela que aprendeu a escrita". E é apenas por cada um ser muito próprio que o conjunto nos traz a noção de humanidade.

Como quando passamos por uma rua olhando as casas e prédios, imaginando que cada janela abriga um mundo diferente (pessoas, histórias, vozes, famílias, objetos, ambientes); assim também, cada pessoa que passa por nós, desapercebidamente, pela rua, carrega um universo de medos, anseios, desejos, emoções, gostos, frustrações; caminha com seu passado e seu futuro embutidos.

O que Paulo Fridman faz é congelar instantâneos do tempo delas para que, expostas, deixem de ser invisíveis em meio ao aglomerado amorfo de desconhecidos que se cruzam pelas ruas e passem a expressar sua existência individualizada, em rosto, jeito e letra.

O despojamento e a singeleza com que esse processo se manifesta enobrece cada pessoa que topou posar e pousar sua escrita para este livro, assim como cada um de nós, que podemos agora apreciá-lo.

Todo mundo aqui é bonito, porque é de verdade.

Cubahia

texto para o livro **Bahia Cuba Omara Bethânia**, *lançado junto a CD homônimo de Maria Bethânia e Omara Portuondo (Biscoito Fino), Editora Nova Fronteira, Rio de Janeiro, 2008*

A religiosidade. A sexualidade. O arrepio da música. A contundência e a doçura da presença negra nas Américas, com "seus mitos, suas legendas, seus encantamentos" (Joaquim Nabuco, via Caetano, em *Noites do Norte*). Forças primitivas emergem da reunião das vozes e tradições culturais de Maria Bethânia e Omara Portuondo.

As bandas de salsa e os grupos de samba, a santería e o candomblé, os trovadores del son e os cantadores de modas de viola — encontram-se aqui, como se matassem as saudades de um tempo perdido, mas guardado nas camadas subterrâneas do caráter dos dois povos.

Quando estive em Cuba, em 1997, fiquei impressionado com a vida nas ruas; a maneira como as pessoas ocupam as ruas (talvez por ter o seu espaço íntimo reduzido), como se elas fossem extensões de suas casas.

Lembro-me de ter pensado, na ocasião, que a rua parecia um quintal de todos; expressão que usei mais tarde na letra de uma música que fiz em parceria com Lenine (*Rua de Passagem / Trânsito*, gravada por ele no disco *Na Pressão*, de 1999), onde dizia: "sem ter medo de andar na rua / porque a rua é o seu quintal".

O jogo de bola, o namoro de portão, o bate-papo na soleira da porta, os encontros na praça, a correria das crianças, a vizinhança observando o movimento, cadeiras puxadas de dentro das casas para as calçadas no fim da tarde, pessoas se cumprimentando uma às outras, mesmo sem se conhecerem — costumes que pareciam com os de um Brasil de outro tempo e que, se desapareceram de nossos grandes centros urbanos, ainda hoje se mantém em pequenas vilas e cidades, como Santo Amaro da Purificação.

É que em Cuba esse passado se oferece incólume, pois o que há de abandono (devido principalmente ao isolamento imposto pelo próprio regime e pelo embargo americano), resulta em preservação. Os carros, casas, prédios, praças e postes de iluminação antigos, apesar de deteriorados, mantêm a feição de um tempo que teria se perdido, se tivessem sido restaurados, ou reconstruídos.

A referência a esse passado se acentua para nós, pelo fato do samba-canção dos anos 40 e 50, que moldou, em parte, a sensibilidade musical de Bethânia, ter dividido seu espaço, nas rádios brasileiras da época, com boleros, rumbas, salsas e mambos.

A música cubana, desde então, deixou marcas inconfundíveis na tradição da canção popular do Brasil — do piano de João Donato ao canto de Jamelão, dos bailes de gafieira aos boleros na voz Nelson Gonçalves, dos encontros de Pablo Milanés com Chico Buarque às canções de Bola de Nieve interpretadas por Caetano, da Timbalada a Carlito Marrón.

E este disco parece celebrar essa comunhão de influências mútuas, não só entre os dois países, mas também, pela escolha do repertório, entre o rural e o urbano, o litoral e o interior, o moderno e o arcaico.

A economia dos arranjos, desnudando as vozes, que, por sua vez, desnudam as canções com suavidade e firmeza, explicitam ainda mais as afinidades epidérmicas que entrelaçam Brasil e Cuba, terras de mestiços que influenciaram o jazz e a música do mundo, num passado ainda muito presente.

Durante minha estadia de uma semana, entre Havana e Santiago, persegui a música cubana de muitas formas — em lojas de CDs, no Museu da Música, em apresentações ao vivo nas ruas. Mas meu anseio só foi saciado de verdade no último dia em que estive lá, quando me convidaram para ver um show, numa pequena boate chamada *Café Concerto*, no primeiro andar de um prédio, em frente à *Plaza de la Revolución*. A casa estava meio vazia, poucas mesas ocupadas. Era um show de Omara Portuondo com sua banda e, logo nas primeiras músicas, pensei satisfeito que era para ver/ouvir aquilo que eu tinha ido até ali.

A vertigem causada em mim pela apresentação de Omara, no *Café Concerto* de Havana, revolve sensações semelhantes às que experimentei quando, ainda adolescente, presenciei pela primeira vez um show de Bethânia.

Dez anos depois de ver Omara ao vivo, tão de perto, e mais de trinta depois ter assistido ao *Rosa dos Ventos*, tenho agora a felicidade de ouvi-las juntas, para reatar laços antigos ou derrubar fronteiras futuras.

Carlinhos Brown

revista **Lícia**, *outubro de 2009*

    Meu parceiro Carlinhos Brown é uma usina de criação transbordante que nunca para e, com os sentidos fervendo, me leva a caminhos que eu nunca veria se não fosse pelo seu farol.
    Meu amigo Carlinhos Brown me ensina muitas coisas. O valor do labor e o prazer do lazer. A liberdade de poder errar sem medo. Que quando se acredita no que se faz não há como não dar certo, mesmo que seja algo que não se sabia fazer. Que lá no fundo há sempre mais força do que se previa.
    Meu irmão Carlinhos Brown vive de invenção, com sabedoria ancestral e energia de criança. O pincel, a baqueta, o rodo, a palheta, o chão, a tecla, a caneta — tudo em suas mãos é matéria-prima de susto e beleza.
    Meu compadre Carlinhos Brown sempre comparece quando preciso de alento, de impulso, de coragem.

Iê iê iê

*release do disco **Iê Iê Iê**, Rosa Celeste, 2009*

Iê iê iê é uma palavra que não está no dicionário, mas todo mundo sabe o que significa. Música jovem de uma época, com seu repertório de timbres, trejeitos, colares, carros e cabelos, o termo traduz um estilo que parece ter ficado parado no tempo, como se fosse um nome que se dava ao *rock'n roll* antes dele se chamar *rock'n roll*. Uma espécie de proto-rock, que se desdobrou em muitos afluentes de tendências e fusões.

Citado pelos Beatles em *She Loves You (yeah yeah yeah)* e por Serge Gainsbourg em *Chez Les Ye Ye Ye*, a expressão caiu na boca dos brasileiros para nomear a música da Jovem Guarda, motivando, na época, entre as mais diversas reações, os ternos versos de Adoniran Barbosa: "Eu gosto dos meninos desse tal de iê iê iê / Porque com eles canta a voz do povo / E eu que já fui uma brasa / Se assoprar eu posso acender de novo".

A decisão de chamar este disco de *Iê Iê Iê* veio antes da sua feitura. Eu, que, em geral, decido os títulos só depois dos trabalhos concluídos, sabia dessa vez, desde o início, que queria fazer um disco de iê iê iê, chamado *Iê Iê Iê*. Um pouco pelo sabor das coisas que vinha compondo, um pouco pelo desejo de voltar a uma sonoridade mais dançante, depois de dois discos (um de estúdio, *Qualquer*, e outro ao vivo, também registrado em DVD, *Ao Vivo no Estúdio*) gravados com uma formação mais leve, apenas com instrumentos de cordas (violões, guitarras, baixo) e piano (substituído no *Ao Vivo* por teclados ou sanfona); sem bateria nem qualquer instrumento de percussão.

Um tanto por temperamento, mas também por herança tropicalista, sempre fiz discos marcados pela diversidade e pela mistura, livres da ideia de "gênero musical". Talvez por isso mesmo (pelo desafio de fazer algo diferente), quis que essa minha volta a um som de banda com bateria tivesse uma face mais coesa.

Cheguei assim ao desejo de fazer um disco de gênero, com possíveis variações rítmicas, mas mantendo um campo de referências no que podemos chamar de iê iê iê. Não por nostalgia, mas pelo anseio de revitalizar o estilo, numa linguagem mais contemporânea e com letras que tentam incorporar novas questões e pontos de vista a ele.

As referências são muitas: *Surf Music*, Jovem Guarda, a primeira fase dos Beatles, trilhas dos filmes de faroeste, o *twist*, Rita Pavone, programas de auditório e todo um repertório da cultura pop que se traduz em canções contagiantes e de apelo direto.

Gosto da ideia de dar a um disco o nome de um gênero. Lembro do *Rock'n'Roll*, de John Lennon, que me marcou fortemente. Mas, ao passo que ele abordava uma modalidade musical que continuou existindo, mudando e se atualizando, seu repertório apresentava clássicos, relidos com emoção e verdade na voz de Lennon.

Já *Iê Iê Iê* não é um álbum de releituras, mas de canções inéditas, a maior parte delas feita recentemente (por mim, com alguns parceiros como Marisa Monte, Carlinhos Brown, Liminha, Paulo Miklos, Branco Mello, Ortinho, Betão Aguiar e Marcelo Jeneci, entre outros), dentro desse estilo, ou ao menos concebidas como algo próximo a ele, nas melodias, timbres, ritmos e vocais.

Para amarrar ainda mais o conceito, compus, com Marisa Monte e Carlinhos Brown, a faixa-título, que abre o disco apresentando um refrão que repete a expressão "iê iê iê".

Gravamos todo o disco com a mesma banda, formada pelos músicos que já vinham me acompanhando nos trabalhos anteriores — Chico Salem (violão e guitarra), Betão Aguiar (baixo) e Marcelo Jeneci (teclados) — somados a Edgard Scandurra na guitarra e Curumin na bateria. Todos também responsáveis pelos vocais, que têm presença marcante no disco. Para produzir, convidei Fernando Catatau, cujo trabalho na banda Cidadão Instigado tem muita afinidade com o tipo de sonoridade e timbragem que eu estava buscando. Catatau deu sugestões muito originais para o som e contribuiu inventivamente para os arranjos, além de tocar algumas guitarras e participar dos coros.

Não poderia deixar de mencionar a importância do competente Yuri Kalil, nosso engenheiro de gravação e mixagem, que também soube, em seu estúdio Totem, criar um ambiente onde nos sentíssemos inteiramente em casa. E de outros músicos que participaram especialmente em algumas faixas: Régis Damasceno, Clayton Martin, Lana Beauty e Michele Abu.

Para mim, este disco tem ainda um gosto de retorno a algo do início de minha carreira, quando formamos os Titãs, que nos dois primeiros anos de existência tinham o nome de *Titãs do Iê Iê*.

ps: Já tinha terminado de escrever este *release* quando soube que Erasmo Carlos está lançando um disco novo, chamado *Rock'n Roll* (como o de John Lennon, que cito no texto). Achei uma coincidência simbolicamente interessante o fato dele, que começou sua carreira nos anos 60, dentro do que chamavam de iê iê iê, lançar esse disco na mesma época em que eu, que comecei nos 80, dentro do que chamavam de rock, esteja lançando meu *Iê Iê Iê*.

Atrás do transe

*texto para encarte do CD e DVD **Exu 7 Encruzilhadas**,
de José Agrippino de Paula, Selo Sesc, 2010*

Eu nunca soube que José Agrippino de Paula havia produzido música. A novidade chega agora com o resgate desse material, que impressiona pela coerência com o que já conhecemos de seus livros, peças e filmes.

A entrega, a liberdade e a densidade que seus ambientes instauram, reafirmam a presença de Agrippino na cultura brasileira como um corpo estranho, um óvni que encarna ao mesmo tempo mito e modernidade.

A que deus ou deuses se destinam esses registros de improvisação sonora? Exu ou Shiva? Buda ou Krishna? Alah ou outro orixá?

A música de Agrippino parece um elo perdido entre África e Oriente. E entre essas culturas milenares e a contracultura dos anos 60. Aqui se misturam ecos de batuque de candomblé e canto de teatro kabuki, mantras indianos e poesia sonorista dadá, festa tribal e melodias árabes.

Mas não se trata de uma abordagem antropológica, nem da atração pelo que pode haver de exótico em outras culturas. Também não se associa este *Exu 7 Encruzilhadas* à tradição da canção popular, da música instrumental, ou da música erudita de vanguarda. Seus improvisos sonoros parecem mais uma antimúsica, que envolve e surpreende, como se incorporasse os versos "eu não sei fazer música / mas eu faço", que já cantei com os Titãs.

O que parece conjugar experimentalismo e ancestralidade nessas peças é a busca pelo transe. A ritualização. A invenção de uma estética e de uma religiosidade próprias, como exercício de liberdade transformadora.

Tudo ao mesmo tempo estranho e atraente, como costuma ser o confronto com uma cultura desconhecida.

É o que encontramos também neste *Candomblé no Togo*, agora restaurado em DVD, que acompanha o CD. A força das imagens e da música (um tanto semelhante ao clima do *Exu 7 Encruzilhadas*); a textura e as cores características do super 8; o enquadramento muitas vezes à altura da cintura (como nos filmes de Ozu, que reproduzem o olhar infantil) e a edição da cerimônia com seus arredores (a menina se penteando, o preparo das comidas, as roupas no varal, os gatos, os patos, os sorrisos, a criança se deitando sobre a mãe na esteira de palha), produzem uma sensação simultânea de espanto e aconchego. Talvez pelas semelhanças e diferenças em relação ao que já conhecemos do candomblé no Brasil, mas também, certamente, pelo olhar-recorte-edição de Agrippino, que consegue unir a informalidade do registro ao deslumbramento do culto, filmado não como um espetáculo assistido de fora, mas de dentro da própria roda, em íntima participação naquela vertigem e serenidade.

Ninguém ali parece se importar muito com a presença da câmera, que, por vezes, roda *travelings* circulares imitando o girar das danças, fazendo-nos sentir como se também estivéssemos incorporando os orixás, fechando em seguida o close nos rostos em transe, em cenas que parecem fazer o tempo parar.

Tudo natural e sobrenatural ao mesmo tempo, registrando o convívio informal com a perda de sentidos, que alimenta de sentidos a vida.

Pretobrás

texto sobre o CD **Pretobrás *(vol. 1, "Por que é que eu não pensei nisso antes?")**, *de Itamar Assumpção, para encarte de* **Caixa Preta***, que reúne todos os seus discos, Selo Sesc, 2010*

É impressionante constatar o quanto o *Pretobrás (vol. 1, "Por que é que eu não pensei nisso antes?")* de Itamar Assumpção, reouvido hoje em dia, continua mantendo seu frescor — nas canções, na concepção musical, na captação e mixagem do som, na voz grave e leve que batuca as sílabas, com seu sotaque singular de paulista-paranaense, inserindo entre elas ruídos, suspiros e respirações — cacos sonoros dançando com a letra, como elementos rítmico-expressivos de seu canto.

A mesma elegância do porte e dos gestos de Itamar se traduzia também musicalmente, no uso de poucos elementos, tirando o máximo do mínimo. Ouve-se cada frase e timbre — como se os arranjos os despissem, em vez de os esconder ou diluir numa mesma massa sonora. Cada instrumento se define com clareza, como se desenhasse sua linha no ar, em um espaço amplo e livre.

Itamar Assumpção expandiu os limites da canção, com novos procedimentos (compassos irregulares, frases atonais, incorporação das inflexões da fala no canto, dissonâncias, mistura de gêneros, formações instrumentais inusitadas) que, conjugados ao apelo de melodias certeiras, com algo de reggae, toada ou moda de viola, e de um *swing* arrebatador, fizeram-no encarnar o contraste entre o popular e o experimental.

Pedra (*ita*, em tupi-guarani) e mar. Solidez e movimento. Brandura e aspereza. Delicadeza e contundência.

Ao mesmo tempo identificado com a expressão "vanguarda paulista", que compartilhou com Arrigo, Rumo e Premê, entre outros, reverberava também a tradição do samba ("Ataulfo, Tropicália, Monsueto, Dona Ivone Lara (...) Pixinguinha, Elizete, Macalé, Zé Kéti", citados em *Cultura Lira Paulistana*, e Geraldo Filme, de quem recria *Vá Cuidar da Sua Vida*), misturada a um balanço funk particularíssimo (que deve muito à presença marcante do baixo de Paulo LePetit).

Misturava aspectos que a mídia em geral queria separar em nichos bem diferenciados, como se a cultura pop tivesse sempre que ser repetitiva e a novidade fosse necessariamente pouco atraente a um público maior. Assim como seu parceiro e amigo Leminski, que também se equilibrava entre a erudição e a cultura de massas, o estudo das culturas clássicas e a contracultura, a poesia e a prosa mais experimentais e as letras de canções.

Itamar parece sintetizar essa condição (ironizando a visão estreita que o queria enquadrar numa vertente tida como menos acessível), em alguns versos da já citada *Cultura Lira Paulistana*, que abre este disco: "cultura... / impura / mas tem jogo de cintura...", "mistura não mata, cura".

Não é à toa que duas faixas deste disco sejam emblemáticas homenagens — *Amigo Arrigo* e *Elke Maravilha*.

Enxuto nos arranjos mas exuberante na quantidade de (21) faixas, simples e complexo em sua originalidade, estranho e irresistível, artesanal e eletrônico, com suas canções plenas de achados poético-musicais; aí está de volta *Pretobrás* — para continuar inquietando ou/e deleitando novas gerações.

Artes visuais

*revista **ARTE!Brasileiros**, n° 3, março-abril de 2010*

Nunca me considerei um artista plástico. Acho mesmo estranho esse nome, que parece apontar ao mesmo tempo para a remodelação dos contornos do nosso corpo (cirurgias plásticas) e para esse derivado de petróleo que embala e/ou constitui a maior parte das coisas que consumimos.

Vejo-me antes como um poeta, que se utiliza eventualmente de processos e materiais das chamadas artes plásticas, para acrescentar outras possibilidades de significação às palavras.

Mas também não gosto muito do termo poeta, que às vezes é usado num sentido apenas emotivo, bem distinto do de um trabalhador da linguagem verbal.

Acho que gostaria mais de ser visto como um fazedor de coisas, que não se detém em uma linguagem específica.

Minha relação com as artes visuais se dá através da palavra. Creio que o trato com a expressão verbal é o território com o qual tenho mais intimidade, meu porto seguro. A partir dela, testando seus limites, aventuro-me em direção a outras linguagens, como que por uma necessidade de entoar.

Assim comecei a fazer canções, alterando as palavras através da inflexão melódica, da divisão das sílabas na cadência rítmica, do contexto instrumental que as envolve. Por outro lado, sempre me senti atraído por outra forma de entonação, expressa pela configuração gráfica. Pelos tipos, tamanhos, traçados, cores, disposição espacial das palavras e suas contaminações no desenho, na colagem e na fotografia.

Meu primeiro livro (*Ou E*, 1983) era todo caligráfico, explorando as possibilidades expressivas do traçado manual das palavras. Os riscos, linhas, rabiscos e borrões tentavam imantá-las de possibilidades sensíveis que elas não alcançariam por si mesmas. Tratava-se de uma pasta, com os poemas soltos em vários formatos, dobras, cores e tipos de papel.

Essas fricções da palavra (que já carrega em si som, imagem e ideia) com outras linguagens ofereciam-me novas possibilidades expressivas, que acentuavam seu aspecto material. O desafio era sempre a conquista de uma modulação adequada, que integrasse diferentes sistemas de expressão em amálgamas indissolúveis.

O trato com a materialidade da linguagem verbal foi, para mim, uma das importantes lições dos poetas concretos, pioneiros na exploração de interfaces da poesia com outros códigos.

E a presença do corpo foi se impondo. A garganta inclui o canto, como o traço inclui o braço. Vieram os shows, performances, instalações.

O computador trouxe um novo repertório de recursos gráficos, assim como de possibilidades de edição e processamento de sons. O *copy/paste* me pareceu muito apropriado ao trabalho de colagem que já vinha desenvolvendo de outras formas no texto, na música e nos trabalhos visuais.

No vídeo *Nome*, que realizei assim que saí dos Titãs, em 1992, pude unir o que vinha fazendo nas áreas da canção e da poesia visual. Essas linguagens se conjugaram na tela do vídeo, com a inserção de movimento na palavra escrita (fazendo-a tender à música, por se dar não apenas no espaço, mas também no tempo), graças aos programas de animação (e ao trabalho em equipe, com Kiko Mistrorigo, Celia Catunda e Zaba Moreau). Ao mesmo tempo, podia explorar a ocorrência simultânea do que se ouve com o que se vê/lê.

E vieram novos suportes para a poesia — o cartaz, o palco, o site, a roupa, a música, a dança, a projeção em raio laser sobre os edifícios, os murais de cartazes tipográficos (lambe-lambes) colados e rasgados em várias camadas (como os que expus no projeto *Arte Cidade*, SP, 1994 e na XXIV Bienal de SP, 1998), as monotipias caligráficas com tinta de carimbo em papel de gravura (exposição *Escrita à mão*, no Centro Maria Antonia, SP, e na galeria Laura Marsiaj, RJ), as instalações com letras de metal pintadas (Bienal do Mercosul, 1997) e os poema-objetos, de vários materiais diferentes (exposição *Ler Vendo Movendo*, Paço da Liberdade, Curitiba, 2009), alguns para serem movidos pelo espectador.

E também o livro, por que não?

E também a canção.

Na verdade, não me agrada muito uma denominação que foi se tornando corriqueira nas referências ao que faço — a de artista multimídia. Acho que o trânsito entre linguagens é um aspecto comum do tempo em que vivemos. Os meios digitais já romperam as barreiras da especialização. Qualquer artista hoje em dia acaba sendo um pouco multimidiático.

Talvez se possa ver nisso a retomada de um aspecto tribal; de um tempo em que não havia modalidades separadas de artes, nem havia arte separada da vida. Esse pode ser um dos sentidos que podemos apreender da expressão "aldeia global", de Marshall McLuhan — o espírito de aldeia presente mundo tecnológico atual.

Acho que estamos chegando mais perto da utopia de Oswald de Andrade, expressa na sua equação dialética: "1.º termo: tese – o homem natural; 2.º termo: antítese – o homem civilizado; 3.º termo: síntese – o homem natural tecnizado".

Tropicália

*contracapa do livro **Tropicália ou Panis et Circensis**, organizado por Ana de Oliveira, Iyá Omin Produções, São Paulo, 2010*

A Tropicália mudou definitivamente nossa sensibilidade e mentalidade estética, política e comportamental, derrubando "as prateleiras, as estantes, as vidraças" entre o urbano e o rural, o interior e o litoral, o bom e o mau gosto, o popular e a vanguarda, o chiclete e a banana, o chique e o kitsch, o berimbau e a guitarra, o bang-bang e o tamborim, as raízes e as antenas, o luxo e o lixo (como no emblemático poema de Augusto de Campos, com todas as variantes positivas e negativas que podem sugerir as duas palavras, e os atritos entre elas).

Com uma lúcida compreensão da múltipla realidade brasileira, deu expressão às diversas vozes que a compõem, sem descaracterizá-las ou satirizá-las, sem esconder seus contrastes ou hierarquizá-las, mas criando condições para que elas aflorassem numa linguagem vigorosa, através de procedimentos (a colagem, as fusões rítmicas e vocabulares, o construtivismo formal e a surpreendente espontaneidade) que as punham em situações inéditas de conexão ou confronto.

Batman e macumba, iê iê e obá, viraram um amálgama sonoro-semântico (ou verbivocovisual, na expressão dos concretos), que rompia as fronteiras de preconceitos muito arraigados, inaugurando a possibilidade da convivência, sem traumas, de valores até então inconciliáveis.

A partir desse limite (ápice) não havia mais volta. A cultura plural, cosmopolita e libertária se instituiu como uma realidade palpável, abrindo caminho para novas experiências poético-musicais, que se desdobraram em várias outras linguagens.

É sintomático o fato do eixo dessa revolução ter se dado no terreno da música popular, integrando alta voltagem de invenção com a comunicação de massas (em conexão com a moda, o design, as histórias em quadrinhos, a televisão, o rádio, o cinema e a cultura pop de uma maneira geral), em lugar da literatura e das artes plásticas, em torno das quais se articularam outros marcos de nossa modernidade, como a Semana de 22 e a Exposição Nacional de Arte Concreta, de 56.

A Tropicália moldou e modulou uma síntese ácida e doce ("policiais vigiando / o sol batendo nas frutas / sangrando", "hospitaleira amizade / brutalidade jardim", "bomba e Brigitte Bardot") da cultura brasileira, expondo suas nervuras e contradições mais profundas, e libertando-nos para assumi-las como uma possível identidade. O convívio com as diferenças e a exploração criativa de suas férteis colisões expôs um retrato vivo do Brasil daquele tempo, e dos Brasis de todos os tempos.

Este livro é uma reflexão sobre o disco-manifesto *Tropicália*, mas também um reflexo do que ele semeou. As diferentes abordagens, estilos, pontos de vista e criações gráficas a partir de suas 12 canções, ilustram, em seu panorama diversificado, o quanto aquelas conquistas encarnaram em nossa realidade cultural o espírito de invenção, de mistura, de afirmação vital das nossas potencialidades.

O *Panis et Circensis* era só o começo.

Mana e Manuscritos

texto para o livro **Mana e Manuscritos**, *de Mana Bernardes,
Editora Aeroplano, Rio de Janeiro, 2011*

As palavras que Mana Bernardes desenhescreve não são só palavras. Apresentam uma dança; eco do gesto da mão. Quando elas se aglomeram nos limites da folha (parecendo querer vazar para fora dela), o bloco de escrita vibra como folhas de uma árvore vibram ao vento.

Num tempo em que tudo se faz cada vez mais rápido, o apuro desses traçados opera uma ressensibilização da escrita. O sentido das palavras passa a depender de sua realização manual, assim como a voz também ressignifica as palavras no canto.

Às vezes a compreensão é fluente e imediata, mas às vezes temos que nos deter para decifrar. Assim, alternamos a velocidade da leitura, que acelera ou ralenta para acompanhar o fio do discurso. Quando nos deparamos com algum caroço de difícil decodificação, nossa atenção se se volta para os aspectos sensoriais dessa escrita — uma letra que se alonga até a próxima, um vocábulo que se parte em dois no corte do papel, uma frase de palavras amalgamadas, um alinhamento deslocado, uma mudança de escala, uma letra que salta pra fora do contexto, ou treme com a repetição dela na linha de cima.

Dança de letras que se justapõe à linearidade da sintaxe, possibilitando leituras fragmentárias de palavras que saltam aos olhos sem ordem definida, sugerindo outros possíveis sentidos, para além dos textos que sustentam.

Me esperei
em você
fui até os
murmúrios
do corpo com
o pé na lama
e os braços
a catar nuvens
você chegou
no tempo daquelas
voltas resolvi
falar sobre mil
coisas você perene
foi mas conchas
enquanto eu falava
busquei se voi hoe
te trouxe pra ficar
comigo. Na pedra aper
tadinhoso que tínhamos
era de equilibrar.

Ao mesmo tempo, grande parte destes textos são narrativas, construídas pelos mesmos instante-gestos que as desordenam para gritar sua presença em tempo-espaço, ritmo, movimento. Num deles, o relato começa na terceira pessoa e depois passa para a primeira, como se a personagem fosse nascendo através da escrita, até incorporar de vez, assumindo voz própria.

"A mulher do oco sem fim". "A combinada de mar e atordoada de resto". "A costureira de desalinhos". A "que vendia vodka escondida no meio das saias lá na Ucrânia". Não há como não associar essa presença constante do feminino na prosapoesiamanuscritura (aqui essas bordas borram) de Mana, à sua maneira tão singular de grafar manualmente as palavras, lembrando as tradições de bordadeiras, costureiras, tecelãs de linhas e tecidos (ela mesma, Mana, artesã de joias e ideias).

"Vou como um cavalo embora seja mulher"

Aqui a escolha das palavras, sua inflexão, o tom do discurso, a pontuação, tudo ocorre através do desenho manual de cada letra no papel.

"Vou para onde a caneta me levar"

A sobreposição de transparências, o tipo e tamanho de cada papel (amassado, milimetrado, envelope pardo rasgado) e de cada lápis ou caneta é incorporado expressivamente e insere diferentes formas de ler — seguindo o fluxo das linhas, obsessiva ou pausadamente, ou colhendo palavras que saltam do meio da massa informe de texto.

Mana passeia livremente da narrativa à reflexão, do rascunho de um ensaio ao projeto de uma instalação, de um jogo poético à anotação de um exercício educacional — tudo se mistura porque cada coisa é extensão de outra em sua produção. Como seu texto se funde à caligrafia, suas joias se estendem à embalagem, ao material que recicla, à atitude de quem as modela sobre a pele.

A mulher do Oco sem fim

Do Oco sem fim surge ela misturada e carregada de arquétipos exaurida por caminhar e percorrer tanto passou ela batendo de porta em porta mais uma vez mais uma cidade buscando ser acolhida. Vestida de trapos remendados não tinha rigores, mas nem tudo servia aliás nada servia no seu mundo. Abortou então os projetos e as ideias de tudo o que buscou, pós aborto repousou embalada por uma brisa e uma canção. Dormiu sem saber de onde vinha aquela canção. Ao despertar um longo viajante lhe recebe com flores e bom dia. Impressionada ela passou a chorar e disse que ninguém a apanharia de ver no mundo dela. A mulher do oco sem fim buscava encontrar uma linha que tua avó perdera ao costurar e tua mãe lhe ensinara que valia milhões pois era ou ri cera. Bom, o homem passou a respeitar aquela mulher e no mesmo instante de seu escuro de lágrimas se afastou dizendo te aguardo lá fora. Ela, foi.

Assim também os erros, manchas, garatujas, riscos e correções revelam o processo, o princípio de sua concepção e confecção, transformando o rascunho em produto final.

O resultado é que o verbal se poetiza através do código visual. Não é uma poesia em versos. Também não é só prosa, apesar de ter narrativa. Não tem estrofes, métrica ou pontuação. Manchas de discursos se moldando aos limites materiais do papel. E no entanto se faz poesia, sim, capaz de: "agradeço aos detalhes por se prenderem ao meu olhar"; "me esperei em você"; "como pedra olhei fixo mas as borboletas passaram..."; "perder o oco e achar a linha"; o desengonço ficou buscando roupa"; "sai de mim, história"; "sua voz era baixa e seu olhar era longe"; "atrás do todo dia"; "um silêncio muito grande fazia até as nuvens pararem" (não resisto a citá-los, apesar de quase me sentir cometendo um insulto, ao transpor esses trechos de seus escritos para os tipos digitais dessa era pós-gutenberguiana, como se separasse corpo de alma).

Como Arthur Bispo do Rosário, Gentileza, ou o Waly Salomão dos *Babilaques*, Mana criou um alfabeto próprio, que mantém um padrão básico, com variações de extensão, espessura, curvatura, ângulo, tamanho e disposição das letras. Com esses instrumentos, sugere ritmo e movimento, ligando a visão à percepção tátil.

Com fragilidade ou voracidade (do "escrevo cada letra com medo e quando a palavra acaba me encorajo e outra vem" ao "vou para onde a caneta me levar"), Mana Bernardes instaura uma dimensão de afeto à linguagem verbal — "no ápice de um vocabulário, encontrar as palavras e trazê-las num berço para aconchegar os signos" — que nos reeduca a ler, para reaprendermos a ver.

A vida
é tão leve
no balançar
das correntes
que ela
pode
se expor
e escrecolher calmamente.

Manual Prático do Ódio

prefácio da edição argentina de **Manual Prático do Ódio**, *de Ferrez, tradução de Lucía Tennina, Ediciones Corregidor, Buenos Aires, 2011*

Ferrez não enrola. É papo liso, limpo, direto.

Prosa substantiva, sem subterfúgios.

Com agilidade e habilidade narrativa, colada ao ritmo da fala, contaminada pelo sotaque da periferia, Ferrez cria uma sintaxe própria, de períodos formados por uma sucessão voraz de muitas frases coordenadas entre vírgulas; linhas onde brota a vida das ruas.

Manual Prático do Ódio é literalmente um romance de ação. Não se detém para descrever ambientes ou personagens. E, no entanto, as cenas se erguem, cinematograficamente, com todos seus detalhes ("o diabo está nos detalhes"), através da ação contínua.

Assim, acaba compondo, em estilhaços de pequenas narrativas entrecortadas, um retrato feito de dentro (Ferrez vive no Capão Redondo, em São Paulo), como uma radiografia, de mais uma das inúmeras comunidades carentes da periferia das grandes cidades do Brasil, ou de qualquer lugar do mundo.

Um retrato em movimento, que se faz no exterior e no interior de cada personagem (pensamento e sentimento também são ações). Os fatos que os envolvem, em seu convívio, são permeados por mergulhos no universo íntimo de cada um, que se desdobram em flashbacks, histórias dentro de histórias.

A violência não se aparta da dimensão afetiva, desfazendo a distância de uma realidade que comumente se prefere ignorar.

Aqui ela grita mais, por revelar, para além das estatísticas e das manchetes sensacionalistas, os desejos, medos e anseios de quem está envolvido num mundo de crime e pobreza.

Como um tecelão minucioso, Ferrez vai costurando o enredo em retalhos que mantêm uma autonomia, como minicontos dentro do romance, pulverizando-o em múltiplos pontos de vista que se entrelaçam aos poucos, ligando a história de cada personagem ao contexto que eles compartilham.

Os espaços em branco entre os blocos de texto dão a dica de que o foco foi para outro lado. Mudaram tempo e espaço, deixando a cena anterior em suspensão.

Mosaico, colagem, quebra-cabeça. Ideograma onde cada traço carrega ainda seu sentido original, ao mesmo tempo que, conectado a outros traços, compõe com eles um novo sentido.

Aí está o maior talento de Ferrez — juntar a pegada direta, a linguagem brutalista do discurso, à elaboração de uma narrativa prismática, de construção meticulosa, onde o eixo da ação se desloca a todo momento.

Antes e depois vão se alternando sucessivamente para, no último capítulo, se misturarem por completo, numa avalanche catártica de lembranças invadindo o presente.

Ferrez não enrola, pega o fio e enreda.

Cadernos

*prefácio da caixa **A Vida Com Efeito**
(os **Sketchbooks de Lourenço Mutarelli**),
Editora Pop, São Paulo, 2012*

Lourenço Mutarelli é um artista inquieto.

Poderia seguir fazendo outros álbuns de quadrinhos, como os geniais *Transubstanciação, O Dobro de Cinco, O Rei do Ponto, A Soma de Tudo*, entre outros que o consagraram nessa arte, mas resolveu se aventurar na prosa de f(r)icção, no teatro e no cinema (como autor e ator).

Os resultados dessas empreitadas expandiram seu campo de (cri)ação, com o mesmo talento, versatilidade e marca pessoal, para além do que já dominava.

Quando voltou a desenhar, veio com sede de experimentar outros formatos, como as tiras semanais de *Ensaio Sobre a Bobeira* e o recente álbum *Quando meu pai se encontrou com um ET fazia um dia quente*, onde os quadrinhos viraram quadros e se deslocaram da relação direta com o texto, muitas vezes antecipando-o ou retrocedendo, em defasagens cronológicas.

Ao mesmo tempo que rolava isso tudo, ele produzia seus cadernos, que trazem fragmentos dessas linguagens todas (HQ, prosa, teatro) misturados. Desobrigado da necessidade de um enredo ou de uma técnica predominante, deixava fluir livremente palavra e imagem, em formas inéditas de interação.

O corpo a corpo com a matéria (verbal, pictórica, gráfica) de sua expressão nos dá a ver aqui a gênese de seu processo criativo.

Como um segundo cérebro, materializado fora da cabeça, onde brotam ideias díspares, em estado bruto, no nascedouro.

Sem as amarras do acabamento e do projeto de obra, Lourenço abre, neste "baú da hora fértil" (como chamava Carlinhos Brown seus arquivos de melodias, trechos de letras e canções inacabadas) um campo de experimentação muito revelador de seu estilo e personalidade.

"Rejeitar todos os termos que eu não sei traduzir em *não--linguagem*; ou registrá-los, ao menos, com este caráter provisório, exterior — inacabado, que é o da maior parte dos nossos 'pensamentos'." — assim definiu Paul Valéry (via tradução de Augusto de Campos) o impulso que o movia na produção de seus *Cahiers* ("Ensaios, Bosquejos, Estudos, Esboços, Rascunhos, Exercícios, Apalpadelas").

Os cadernos de Lourenço põem a nu suas obsessões íntimas (não à toa há uma numerosa quantidade de autorretratos) e seus mecanismos de trabalho — como associa falas e fisionomias, como o traço se desenvolve, como busca se renovar no uso das cores e texturas.

Os desenhos parecem emergir na folha de papel com vida própria e se expandir organicamente, livres de esquema, regra ou projeto prévio. Um se torna extensão do outro, compondo conjuntos onde múltiplas vozes (com ou sem balões) eclodem em cenas soltas, sem contexto comum.

A página é o elemento agregador — prisma de situações e personagens (ou esboços de personagens, redesenhados de vários ângulos) díspares, enxertados em sua área.

Lourenço mantém seu traço e texto inconfundíveis, mesmo testando as mais variadas técnicas (pincel, pena, lápis grafite, caneta hidrográfica, caneta bic, aquarela, tinta acrílica, nanquim, colagem).

Qualquer elemento gráfico pode se tornar um instantâneo *ready-made* — carta de baralho ou de tarô, maço de cigarro, rótulo de garrafa de bourbon (colado ou redesenhado), post-it, código de barra, manual de instruções, foto de revista, bilhete de passagem de ônibus, carimbo, lista de compras, anotação de um telefone de contato ou de um compromisso agendado —, interferências do mundo absorvidas pela massa informe de desenhos e falas.

Do rabisco à figura, do desenho à pintura, do traço rápido e nervoso à composição delicada e meticulosa — o sotaque é sempre o mesmo: o estranho entranhado em cenas cotidianas (não só inventadas, mas também algumas presenciadas, em circunstâncias reais, que ele registra).

"Histórias sem graça, sem drama e desprovidas de nexo."

Os flashes de diálogos justapostos expõem uma incomunicabilidade beckettiana, onde o absurdo e o corriqueiro (paródias de slogans, frases proverbiais, diálogos nonsense, a fala das ruas) se traduzem mutuamente.

"Se deus quisesse ele queria"; "eu tenho andado meio me fudendo"; "porque o que não está aqui e não está lá, não pode estar em parte alguma?"; "ele só cumpria ordens, mas pelo menos (só) fazia o que gostava"; "essa coisa de desenhar essa coisa"; "vamos logo, eu não tenho o dia todo"; "nós somos de outros tempos ou nós fomos?"; "se pudéssemos ao menos voltar a nossos velhos erros..."; "o filha da puta esqueceu de fazer o meu braço".

Essa é a força e a graça dos rascunhos: a investigação livre de possibilidades, sem meta ou método fixo. O risco de poder fazer qualquer coisa e a descoberta de um jeito próprio de exercer essa liberdade.

Fragmentários, precários, soltos, inacabados. Assim eram os *Cahiers* de Valéry, os diários de Marina Tsvetáieva, os *Sketchbooks* de Crumb, *O Perfeito Cozinheiro das Almas deste Mundo* (diário coletivo da garçonnière de Oswald de Andrade), os cadernos de notas de Wittgenstein, *The Green Box* de Duchamp, os *Babilaques* de Waly Salomão, o *Livro do Desassossego* de Fernando Pessoa.

Dessa precariedade vêm sua energia vital, suas faíscas e centelhas, sua verdade.

Lourenço Mutarelli nos dá agora uma bela contribuição a essa errática tradição.

Contorcionismo da imagem

texto sobre trabalho de Dimitri Lee, para catálogo
Terra Prometida, *da mostra* **Brasil, un futur en present: La Visió Des de L'art**, *de 4 fotógrafos brasileiros (Dimitri, Cássio Vasconcelos, Claudia Jaguaribe e Roberta Carvalho), curadoria de Iatã Cannabrava, Casa Amèrica Catalunya, Barcelona, 2012*

O produtor Chico Neves, com quem trabalhei em alguns discos, me expôs uma vez uma curiosidade que ele tinha (e que gostaria de simular de alguma forma): como soaria um som escorrendo como água, em redemoinho, por um ralo?

O desejo de alterar a percepção do que chamamos de real (ou normal), sempre foi um impulso para as manifestações artísticas, das inscrições rupestres às animações em 3D. A modernidade deu a esse desejo feições mais definidas, para além da ilusão de recriar o mundo exterior com fidelidade fisionômica.

Um tanto dessa inquietação expressiva aparece agora, armada de novos meios, nas *Exerianas* de Dimitri Lee: como seria se o que vemos se contorcesse sobre si mesmo subvertendo todas as noções de proporção, profundidade e perspectiva a que estamos habituados?

Uma das belezas desse trabalho é não entender bem como ele foi feito. O resultado vertiginoso se soma ao mistério de sua realização, muito bem acabada. Dimitri não tem medo da tecnologia. E usa o arsenal digital a serviço do sonho, da mágica, da alteração dos sentidos.

Num tempo em que sobram recursos sedutores e faltam respostas de linguagem adequadas a eles, Dimitri consegue usar os efeitos procedentemente, para potencializar sua criação, com a descoberta de um novo repertório visual.

Ousado no uso assumido dos filtros, fusões, distorções, emendas, faz com que as imagens se dobrem e desdobrem sobre si mesmas, como matéria moldável. As fotos, deformadas em curvas, parecem ganhar volume. E o volume sugere movimento.

As diferenças de cor e textura são amenizadas, para criar a ilusão de continuidade. À distância, parece um todo amorfo em que as partes se fundem e confundem, duplicando-se em encruzilhadas de sua própria matéria. Mas quando nos aproximamos, os detalhes revelam múltiplas variações, como um infinito que não se repete mas retorna transformado, sempre novo.

Essa é a principal diferença desse trabalho, em relação às simetrias espelhadas de Escher. Por isso, além da explícita referência, em seu título, à fonte de inspiração em Escher, há também a não menos explícita subversão dessa relação, ao nomeá-las de *Exerianas*, com *x* no lugar de *sch*.

Aí está o x da questão — nas fotomontagens de Dimitri não há simetria, geometria, espelhamento. A sugestão da onda que se contorce sobre si e a uniformização da cor sugerem a repetição cíclica, mas um olhar atento percebe que, na maioria dessas peças,

a imagem toda difere, de cima a baixo, de um lado a outro, em contínua transformação.

Poderíamos também chamá-las de *heraclitianas*: "Tudo flui, nada persiste, nem permanece o mesmo." "Não se banha duas vezes no mesmo rio." "Tudo se move." "No círculo se confundem o princípio e o fim." "O caminho para cima e o caminho para baixo são um único caminho."

Alto e baixo; norte, sul, leste e oeste; forma e conteúdo — se misturam, em excessos da mesma matéria, que se multiplica em

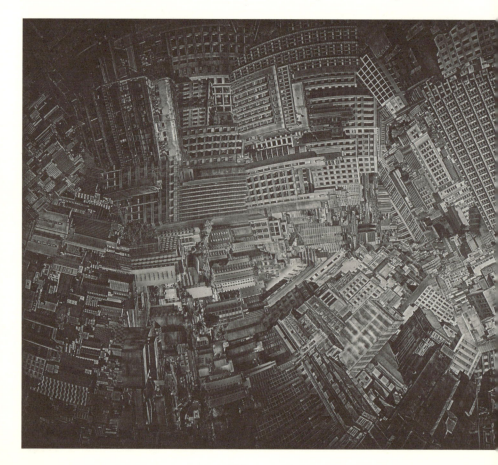

sua diversidade e parece querer transbordar para fora dos limites do enquadramento.

Imagens movediças, sem centro e sem cantos. Paisagens destituídas do limite de um horizonte. Infinitos. Riocorrentes. Curvas de Moebius.

Tais cenas, em seu contorcionismo, acabam sugerindo outros sentidos: garrafas pet acumuladas parecem bitucas de cigarro num cinzeiro (*Pets*). Olhos repetidos parecem formar uma cauda de pavão (*Olhos*). Prédios se assemelham a brinquedos de montar

(*Prédios*). O amontoado de galinhas sugere uma relva, um tapete, a superfície de um bicho de pelúcia (*Frangos*). Tecidos estampados parecem notas de dinheiro espalhadas (*Varal*).

Ou, às vezes, o processo acaba por revitalizar o próprio objeto fotografado, criando uma relação isomórfica com ele: em *Compras*, a acentuação das fusões cria um simulacro da própria transparência das vitrines. Já em *Rupestre*, as emendas se tornam imperceptíveis, ressaltando a opacidade da superfície remontada. As diferentes direções de rastos do tempo e do vento na textura da

pedra contrastam com os desenhos humanos sobre ela. Em *Ferro--Velho*, a ilusão de movimento da colagem parece restituir à lataria abandonada o seu passado dinâmico. E a ausência do céu num horizonte acentua, em *Prédios*, o deslimite delirante de uma metrópole como São Paulo.

Qualquer coisa (pobre ou nobre, micro ou macro, pedra, terra, ave, pano, prédio, loja, lixo) pode ser matéria-prima para o olhar multifacetário de Dimitri Lee: forma nova para os objetos do mundo: trans–forma.

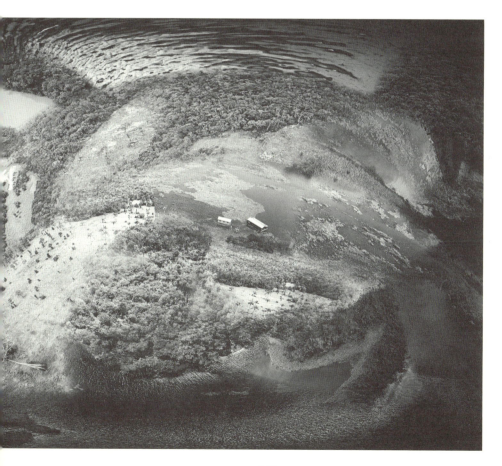

50 anos de estrada

*release do CD e DVD **50 Anos de Estrada - Ao Vivo**,*
de Erasmo Carlos, Coqueiro Verde Records, 2012

Erasmo Carlos está na área há meio século e continua "incendiando bem contente e feliz", com o mesmo brilho que, desde o início, marcou sua presença na história da nossa música popular — a simplicidade, a atitude ousada, o modo sereno e seguro de interpretar, a capacidade de criar tantas belezas melódicas e dizer com elas mensagens que vão direto ao ponto g da nossa sensibilidade.

Sua música começa depois de apenas uma década do surgimento do rock'n roll. Quando nos referimos então aos seus cinquenta anos de carreira (ou de estrada, como ele prefere chamar), estamos falando quase da mesma idade desse fenômeno jovem, que passou a ser de todas as idades.

Assim, sua história se mistura à história do rock, desenvolvendo-se e incorporando transformações, sem perder a vitalidade das origens.

Erasmo foi, nos anos sessenta, um pioneiro na introdução do gênero no Brasil, quando este ainda era malvisto e marginalizado por vários setores da cultura. E soube, com o passar dos anos, renovar-se, frequentar outros estilos e formações instrumentais, experimentar novos temas e pontos de vista, permanecendo ao mesmo tempo simples, básico, eficaz — no som, no canto, na postura.

Ou seja: rock'n roll (e assim ele nomeou seu penúltimo disco).

Com seu jeans e o surrado casaco de couro marrom (que despertou, ao vivo, um divertido papo informal sobre roupas, com o parceiro Roberto), Erasmo consegue levar esse espírito do rock ao Teatro Municipal do Rio de Janeiro, com o apoio de uma superbanda, formada pelos Filhos da Judith (trio que, além de gravar e excursionar com ele em seus dois últimos trabalhos, *Rock'n Roll* e *Sexo*, lançou um saboroso primeiro álbum solo, *Filhos da Judith*, no ano passado), mais Dadi Carvalho e Billy Brandão nas guitarras e o maestro José Lourenço nos teclados, além uma orquestra de cordas colorindo várias músicas.

E o Municipal lotado ficou pequeno pra tanta história e estrada.

Erasmo, no roteiro do show que agora vira DVD, conseguiu decantar uma síntese expressiva desses 50 anos — uma proeza, entre tantas preciosidades de suas várias fases. Podemos sentir falta de muitas canções (afinal, cada fã já deve já ter sua antologia pessoal da obra de Erasmo), mas estão lá todos os grandes momentos, representados por sucessos significativos de sua trajetória.

Mas o mais bonito de tudo é ver o cara em plena forma, se entregando com a mesma sede de palco de sempre, emocionado ao receber as participações da musa Marisa (cantando com ele *Mais Um na Multidão*, que gravaram juntos há alguns anos) e do amigo Roberto (com quem canta *Parei na Contramão* e *É Preciso Saber Viver*), reverente ao apresentar os músicos da banda, transbordando o prazer de cantar, comemorando como merece.

Afinal de contas, ele é o brasa, o tremendo, o gigante gentil. O poeta ("com a força do meu canto esquento seu quarto pra secar seu pranto") e o filósofo ("estou sentado à beira de um caminho que não tem mais fim"). O romântico incurável ("detalhes tão pequenos de nós dois são coisas muito grandes pra esquecer"). O roqueiro inveterado ("pus a vida na mesa e resolvi jogar"). Uma autoridade na compreensão do amor, da mulher, da natureza.

Vários Erasmos, todos coerentemente articulados no panorama desses 50 anos, comovendo e contagiando a galera.

É o aniversário da estrada dele.

E o presente é nosso.

Poros e neurônios

texto para orelha da reedição do livro
***A educação dos cinco sentidos**, de Haroldo de Campos,*
Ed. Iluminuras, 2013

Arrepiando poros e neurônios
no curto-circuito entre concisão e exuberância,
erudição e sabedoria,
razão e sensibilidade (sentimento + sensação), eis
reeditado (depois de quase três décadas
desde sua única publicação) *A educação dos cinco sentidos*;
livro medular da poesia de Haroldo de Campos,
com suas redes de eletrodos
plugados nos agoras de cada tempo —
afinando simultaneamente
a síntese dos poemas da fase concreta
e o transbordamento das Galáxias;
os *punti luminosi* de *Signantia: Quasi Coelum*
e o barroquismo presente desde o *Auto do Possesso*;
as eleições poéticas filosóficas afetivas
e a interlocução com as artes plásticas.
Tudo converge aqui com rigor-vigor
e graça — quem mais poderia chamar Roman Jakobson
de "*plusquesexappealgenário*" (*amor* e *humor*)? —
onde, depois de já ter feito "*de tudo com as palavras*",
disposto a fazer "*de nada*" (*minima moralia*), Haroldo
modula um ponto de equilíbrio
entre o excesso de seu extravazante repertório

e o *"mínimo imprescindível"* de cada poema
— equação de potências que caracterizará
toda sua poesia *"pós-utópica"*,
de artesanato *melofanologopaico* (Pound)
ultralapidado — *"húbris do mínimo / que resta"*.
Se a natureza da poesia é incorporar os sentidos que expressa
em sua estrutura (quase-organismo) de linguagem material,
este é um livro iniciático,
que educa os cinco sentidos ao abordar
a educação dos cinco sentidos —
tomando o mote de Marx como t(l)ema
do que exerce a cada mo(vi)mento:
converter os signos em vias de acesso direto à experiência
(*"... porque não distingues / o dançarino da dança"*)
do cheiro do toque do gosto do som da cor:
"o corpo é o pensador".
Assim como, em *birdsong: alba*,
o canto dos pássaros se metamorfoseia em escrita
através das metonímias "bico" e "pena"
na expressão "bico de pena".
Ou em *cello impromptu*, que percorre matéria tátil
(*"libido de madeira / por estas gamas de topázio"*),
cor (*"um furor de amarelo"*), sabor (*"conhaque contra a luz"*),
aroma (*"um dulçor alourado de tabaco"*),
som (*"voz viril de pássaro encerrado"*) e sensualidade
(*"andróginas ancas / femínias bronzeadas a verniz fogoso"*)
para alcançar o objetivo do simples objeto: *"o cello"*.
Ou ainda em *"cisco de sol no olho"*, *"nó de água"*,
"o ar lapidado", *"inscrições rupestres na ponta da língua"*,
entre outros tantos mínimos múltiplos comuns

de conexão dos *sentidos sentidos* (Augusto).
Explorando extremos, do vocabulário mais raro
(*"abantesmas"*, *"emética"*, *"crisoprásio"*, *"biófago"*, *"saxífraga"*,
"ciclâmen", *"tintinabulantes"*) ao mais mundano
(*"zorra"*, *"strip-tease"*, *"pornô"*, *"cartoon"*, *"pato donald"*);
do incomum ao desincomum
— *"vênus de tênis branco"*, *"godivas de bicicleta"* —
passando pelos amálgamas
(*"camaleocaleidoscópico"*, *"plusquamfuturo"*, *"decéuver-se"*,
"siamesmos", *"dispássaros"*, *"florchameja"*) de palavras
com o mesmo desassombro com que engendra teias
aliterativas e paronomásticas
(*"o olho vê-se / no avesso do olho"*, *"desarticulária / de áreas reais"*,
"casulos resolvidos em asas", *"tomei a mescalina de mim mesmo"*
"nó desfeito no após do pó"),
ou converte substantivos em verbos (*"o olho se esmeralda"*,
"um riso onde a dissolta enteléquia / ... / primavera",
assim como Décio fez em
"caviar o prazer / prazer o porvir / porvir o torpor / contemporalizar"
e Augusto em *"a flor flore / o colibri colibrisa / e a poesia poesia"*,
aqui citado em *ode (explícita)*
em defesa da poesia no dia de são lukács;
Haroldo contorce a forma (arco teso a todo instante)
de todas as multiformas,
sem perder a informalidade
do sotaque natural de sua sintaxe.
Pois ele sabia que é entre os *entres*
(entre-sentidos, entre-palavras, entre-pausas, entre-dentes)
que o *"mínimo (não prescindível)"* da poesia se faz
(*"o ar / lapidado: veja / como se junta esta palavra / a esta outra"*);

que as palavras em si não dizem nada (ou dizem
apenas no inócuo dicionário), mas o atrito entre elas
("*inter / considere / o que vai da palavra stella / à palavra styx*")
é que acende a fagulha —
como em *de um leão zen*, onde efetua a viagem
do ícone do leão ao ouro de que ele é feito,
da cor do leão à cor do ouro,
do signo "leão" ao seu próprio signo astrológico
(também referido em *opúsculo goetheano*:
"*é o mesmo fogo no signo do leão
para a combustão desta página / virgem*"),
do olho ao silêncio ("*olho do furacão*").
Assim também, entre um poema e outro,
alguns motivos retornam transformados.
O *pánta rhei* de Heráclito
(fundido à ideia do *eterno retorno*,
pela referência subliminar à "recorrente"
na transcriação "*tudo riocorrente*")
se irradia em *le don du poème*
("*um poema começa / por onde ele termina*"),
que reencontra o "*fimcomeço*" das *Galáxias*
e o "*nascemorre*" de *Fome de Forma*
num "*riocorrente*" de recorrências
que voltam sempre renovadas à sua poesia —
lusco-foco
de clareza cegante
como um soco, baque, choque
elétrico arrepiando
("*acupuntura com raios cósmicos*")
poros e neurônios.

"Haroldo de Campos com os Titãs, 1988"

Bibliografia

Ou E. Edição do autor, 1983.
Psia. São Paulo: Expressão, 1986; Iluminuras, 1991.
Tudos. São Paulo: Iluminuras, 1990.
As Coisas. São Paulo: Iluminuras, 1992.
Nome. Livro, disco e vídeo (realizado em parceria com Celia Catunda, Kiko Mistrorigo e Zaba Moreau). São Paulo: BMG Brasil, 1993.
2 ou + corpos no mesmo espaço. São Paulo: Perspectiva, 1997.
Doble Duplo. Seleção, tradução e arte por Iván Larraguibel. Zaragoza/ Barcelona (Espanha): Zona de Obras/ Tangará, 2000.
40 Escritos. Coletânea de ensaios, organizada por João Bandeira. São Paulo: Iluminuras, 2000.
Outro. Poema de Arnaldo Antunes e Josely Vianna Baptista, arte de Maria Angela Biscaia. Curitiba: Fundação Cultural de Curitiba, 2001.
Palavra Desordem. São Paulo: Iluminuras, 2002.
ET Eu Tu. Poemas de Arnaldo Antunes, fotografia de Marcia Xavier. São Paulo: Cosac Naify, 2003.
Antologia. Vila Nova de Famalicão (Portugal): Quasi Edições, 2006.

Frases do Tomé aos Três Anos. Porto Alegre: Ed. Alegoria, 2006.
Como É Que Chama o Nome Disso. São Paulo: Publifolha, 2006.
Saiba / A Nossa Casa. Com desenhos de Dulce Horta. São Paulo: DBA, 2009.
Melhores Poemas. Seleção e prefácio de Noemi Jaffe. São Paulo: Global Editora, 2010.
N.D.A. São Paulo: Iluminuras, 2010.
Animais. Com Zaba Moreau, ilustrações do Grupo Xiloceasa. São Paulo: Editora 34, 2011.
Cultura. Ilustrações de Thiago Lopes. São Paulo: Iluminuras, 2012.
Las Cosas. Montevideo (Uruguai): Yaugurú/ Grua Livros, 2013.
Instanto. Seleção e tradução de Reynaldo Jiménez e Ivana Vollaro. Barcelona (Espanha): kriller71ediciones, 2013.
Outros 40. Coletânea de ensaios, organizada por João Bandeira. São Paulo: Iluminuras, 2014.

Discografia

com Titãs
Titãs. WEA, 1984.
Televisão. WEA, 1985.
Cabeça Dinossauro. WEA, 1986.
Jesus não tem dentes no País dos Banguelas. WEA, 1987.
Go Back (ao vivo em Montreux). WEA, 1988.
Õ Blésq Blom. WEA, 1989.
Tudo ao mesmo tempo agora. WEA, 1991.

solo
Nome. BMG, 1993.
Ninguém. BMG, 1995.
O Silêncio. BMG, 1996.
Um Som. BMG, 1998.
O Corpo (trilha para dança). Grupo Corpo, 2000.
Paradeiro. BMG, 2001.
Saiba. Rosa Celeste, 2004.
Qualquer. Rosa Celeste/ Biscoito Fino, 2006.
Ao Vivo no Estúdio. Biscoito Fino, 2007.
Iê Iê Iê. Rosa Celeste, 2009.
Ao Vivo Lá em Casa. Rosa Celeste, 2011.
Acústico MTV. Rosa Celeste, 2012.
Disco. Rosa Celeste, 2013.

com Marisa Monte e Carlinhos Brown
Tribalistas. Phonomotor/ EMI, 2003.

com Edgard Scandurra, Taciana Barros e Antonio Pinto
Pequeno Cidadão. Rosa Celeste, 2009.

com Edgard Scandurra e Toumani Diabaté
A Curva da Cintura. Rosa Celeste, 2011.

CADASTRO
ILUMI/URAS

Para receber informações sobre nossos lançamentos e promoções envie e-mail para:

cadastro@iluminuras.com.br

Este livro foi composto em Times Roman e terminou de ser impresso em abril de 2014 nas oficinas da *Orgrafic Gráfica,* em São Paulo, SP, em papel off-white 90g.